IRMA NELLES

Die Gräfin

Roman

hanserblau

1. Auflage 2024

ISBN 978-3-446-28149-3

Erscheint als Hörbuch bei Hörbuch Hamburg,
gelesen von Anne Moll
Umschlag: FAVORITBUERO, München
Motiv: © plainpicture/Spitta + Hellwig – Kollektion Rauschen
Satz im Verlag
Druck und Bindung: GGP Media GmbH, Pößneck
Printed in Germany

FSC www.fsc.org
MIX
Papier | Fördert gute Waldnutzung
FSC® C014496

Die Gräfin

… das Fluchtgefühl ergriff mich abermals.
Ich möchte dies ein umgekehrtes Heimweh nennen,
eine Sehnsucht ins Weite, statt ins Enge.

Johann Wolfgang von Goethe,
Kampagne in Frankreich 1792

PROLOG

Manchmal sehe ich sie vor mir an der Hallig von Südfall mit einer glänzenden, dunkelbraunen Pilotenkappe auf dem Kopf
Weiße Haarsträhnen wehen unter den bereits brüchigen Lederriemen des Verschlusses hervor und umrahmen ihr wettergegerbtes Gesicht
Ihr Umhang aus leichtem, dunkelblauem Samt bläht sich im Wind
Sie hebt beide Arme um uns nachzuwinken und sieht dabei aus als wolle sie einen Anlauf nehmen und vom Boden abheben.
Als wolle sie uns im Schwarm der aufgescheuchten Silbermöwen der mit lautem Kijau über unseren Köpfen kreist noch eine Weile begleiten.

1. TAG

An einem der letzten Tage im August des Kriegsjahres 1944, kurz nach Mitternacht, bestieg John Philip Gunter das fabrikneue einmotorige Beobachtungsflugzeug Taylorcraft Auster V. Die wendige Maschine, sieben Meter lang und zweieinhalb Meter hoch, mit einer Spannweite von fast elf Metern, stand startbereit für den Pilot Officer der Royal Air Force auf dem Militärflugplatz Mildenhall in Südwestengland. Den jungen Mann begeisterte der technische Fortschritt, die Zukunft moderner Flugtechnik. Auch deshalb hatte er seine Militärlaufbahn begonnen und war bald in die Einheit der Kampfpiloten aufgerückt. In dieser Nacht würde er allein – ohne Kontakt zum Kontrollturm der heimischen Militärbasis – mit etwa zweihundert Stundenkilometern den Ärmelkanal in Richtung Schleswig-Holstein überfliegen, um den Zustand der deutschen Verteidigungslinien zu erkunden. Es galt herauszufinden, ob die Deutschen ihren in letzter Minute geplanten Bau des sogenannten Friesenwalls inzwischen womöglich wieder aufgegeben hatten. Dann nämlich würde es den Briten ein Leichtes sein, den deutschen Fliegerhorst im Osten Schleswig-Holsteins einzunehmen.

Das Flugwetter schien das riskante Aufklärungsmanöver zu erlauben. Gunter hoffte, die dichte nächtliche Wolkendecke über der Nordsee würde ihn vor Spähern schützen. Ihm war klar, dass er in der Nähe der schleswig-holsteinischen Küste in die Suchscheinwerfer von Flakstellungen oder Maschinengewehr-Nestern geraten könnte. Hinter Sandsäcken, Baumstümpfen, Tarnnetzen und kleinen Erdwällen verborgen, würden sich meist blutjunge Wehrmachtssoldaten in ihren Schützengräben gegen vorstürmende Bodentruppen und Luftangriffe der Alliierten verteidigen.

Er war stolz darauf, dass seine Vorgesetzten ihn für diesen geheimen Auftrag ausgesucht hatten. Sie schienen dem fabrikneuen Aufklärungsflugzeug zu vertrauen. Und seiner Nervenstärke. Offensichtlich hielten sie ihn für kaltblütig genug, den gefährlichen Alleinflug durchzustehen.

Du bist schon aus riskanteren Einsätzen wieder lebend zurückgekehrt, schoss es ihm durch den Kopf, als er sich ins enge Cockpit der Maschine zwängte. Es wird auch dieses Mal klappen, dachte er, wohl wissend, dass das Überfliegen der bewachten Küste schwer einzuschätzen war. Sollten sich bei Sonnenaufgang die Wolken zu schnell verziehen und die Deutschen ihn entdecken, würde er selbst bei Rückenwind nicht berechnen können, wie viel Treibstoff er für den Rückflug brauchte. Die Unterseite der Maschine war gepanzert, daher schwerer als andere Flugzeuge dieses Typs.

Was ist los mit dir? Warum bist du so unruhig? Behalte einen klaren Kopf!, schalt er sich, atmete tief durch und legte seinen Sicherheitsgurt an. Bleiern graue Wolken umhüllten ihn gleich nach dem Start. Gespannt beobachtete John Philip Gunter alle Blindfluganzeigen, die vor ihm in der Instrumententafel aufleuchteten: Kompass, Höhen- und Geschwindigkeitsmesser funktionierten einwandfrei.

Er entspannte sich und spürte, wie ihn während des Abhebens Leichtigkeit überkam. Gefühle von Freiheit und Stärke, wie er sie nur während des Fliegens erlebte.

★★★

Zwölf Stunden später, in ihrem Haus auf der kleinen nordfriesischen Hallig Südfall, lehnte sich Diana Henriette Adelaide Charlotte Gräfin von Reventlow-Criminil am Mittagstisch in ihrem Stuhl zurück. Sie faltete sorgsam ihre Damastserviette zusammen und steckte sie in den silbernen Serviettenring. Gedankenverloren strich sie mit Mittel- und Zeigefinger über ein winziges Eichhörnchen in der Mitte des eingravierten, uralten Familienwappens. Dieses kurze, ihr kaum bewusste Ritual nach jeder Mahlzeit hatte sie aus jener Zeit herübergerettet, die ihr Leben ausmachte. Eine Zeit, aus der ihr außer Erinnerungen kaum etwas geblieben war. In dieses Leben gehörte auch der weiche Baumwollstoff des graublauen Kleides, das sie heute trug. Damals sollten daraus die Schürzen der Köchin und der beiden Hausmädchen genäht werden, die auf dem elterlichen schleswig-holsteinischen Gut Emkendorf nahe Rendsburg die Hausarbeit unter sich aufteilten.

Inzwischen lebte sie seit über dreißig Jahren an der nordfriesischen Küste. Die Sommermonate verbrachte sie auf der kleinen Hallig Südfall südwestlich der Insel Nordstrand gelegen, die stürmischen Wintermonate auf ihrem 1910 gleichzeitig erworbenen Püttenhof in der Trendermarsch am Außendeich von Nordstrand.

Im Frühjahr, als die ersten wärmeren Tage die Vorfreude auf den Sommer weckten, hatte sie den leichten Baumwollstoff zur Schneiderin in Husum gebracht. Ob sie ihr daraus wohl zwei Kleider für den Alltag nähen könnte? Ohne Firlefanz, Rüschen oder sonstiges modisches Zeug. Praktisch sollte ihr Gewand und für die Arbeit in Stall und Halliggarten geeignet sein. Nur dieses Mal nicht aus dunklem, winterlich warmem Samt wie der Umhang und das Kleid, die sie im Herbst, noch vor dem Großen Krieg, für sie genäht hatte. Der Rocksaum sollte zwei Handbreit über dem Knöchel enden. Und in tiefe, seitlich eingesetzte Taschen müssten Schnüre, Scheren, auch Schlüssel und handliches Werkzeug passen.

Nicht nur weil sie nach dem Tod ihres Vaters die meiste Zeit auf einer einsamen Hallig verbrachte, verzichtete Diana von Reventlow-Criminil darauf, sich zu kleiden wie damals, als ihr älterer Bruder Adolf Cécil weithin bekannte, glanzvolle Abendgesellschaften auf Schloss Emkendorf gab, auf denen sich der europäische Hochadel zusammenfand. Ihr lag nichts daran, sich durch elegante, teure Kleidung von anderen Gesellschaftsschichten abzuheben. Sie hatte sich längst einer anderen, schlichten Lebensweise zugewandt und ihr vorheriges Leben aufgegeben. Dass ihresgleichen sie deshalb für einen exzentrischen, vom Leben enttäuschten Blaustrumpf hielten, störte sie nicht. Im Gegenteil.

Zurückgezogen von allen ihr widerstrebenden Einflüssen und Machenschaften, fern von Rücksichtslosigkeit und Demütigung, die Menschen einander zufügen konnten, kam sie in Ruhe ihren täglichen Pflichten nach. Dass sie bereits die achtzig überschritten hatte, sah ihr niemand an. Ihr ebenmäßiges, stets leicht gebräuntes Gesicht, ihr kluger, melancholischer Blick aus tief liegenden dunklen Augen, ihr volles kaum ergrautes Haar zeugten von ungewöhnlicher Schönheit junger Jahre.

Es ist zu heiß. Ich werde meinen Mittagsschlaf abkürzen, dachte sie. Ihr Jagdhund, der im kühlen Hausflur liegend ihre Stube bewachte, sprang knurrend auf und rannte hinaus auf die Veranda. Sie folgte ihm und legte, geblendet vom grellen Licht, schützend die Hand über die Augen.

Hunter ist so unruhig. Er ist bestimmt durstig. Es ist wirklich ungewöhnlich heiß, sagte sie sich und beobachtete den kohlschwarzen Gordon Setter, der seine Ohren bewegte, als witterte er Gefahr. Beruhigend strich sie ihm über den Kopf und die weiche Schnauze.

Der Hund sprang auf, rannte kläffend die Außentreppe hinab und mit langen Sprüngen über die Warft bis an die Halligkante. Dort blieb er stehen und sah angespannt übers hitzeflimmernde Watt.

Was war denn los? Was war bloß in diesen Hund gefahren?

Mit dem Fernglas suchte sie die blendend helle Weite ab: die nur wenige Zentimeter mit Wasser bedeckte Meeresfläche, in der sich der Himmel spiegelte, als wären sie eins. Nordstrand im Osten erschien nur noch als auf und ab tanzende zerfließende Linie. Selbst die Halbinsel Eiderstedt, südwestlich gelegen, deren Kirchtürme sonst bei klarem Wetter gut zu sehen waren, konnte sie durch ihr Fernglas kaum noch erkennen.

Bis zum silbern flirrenden Horizont hinüber gab es nichts, das Hunter hätte beunruhigen können.

Beim Blick ins gleißende Blau des Himmels spürte Diana, wie müde sie war. Ich muss mich ausruhen, dachte sie. Bald haben wir Hohlebbe. Bald ist Stille zwischen den Gezeiten. Kein Laut, kein Möwenruf.

Trotzdem folgte sie ihrem Hund, der nach wie vor laut kläffend am Halligufer hin und her rannte.

»Was hörst du denn nur? Da ist doch gar nichts«, versuchte sie, das aufgeregte Tier zu besänftigen.

Hunter antwortete mit dunklem Knurren.

Auf Hunters Witterung konnte sie sich verlassen. Er war ein guter Spürhund und hatte ein feines Gehör.

Ich werde Maschmann fragen, überlegte sie. Vielleicht ist ihm da draußen im Watt etwas aufgefallen. Sie wandte sich um und griff nach ihrem Hund, als sie plötzlich leise verwehende Töne zu hören meinte. Wenige Töne einer Melodie, die sie aus Kindertagen kannte.

»Du hast ja recht«, murmelte sie, zog Hunter an seinem Halsband nah an ihre Seite und tätschelte seinen Hals. Man kann kaum noch klar denken, wenn es so heiß ist. Da bildet man sich gleich alles Mögliche ein.

»Komm, wir gehen Maschmann suchen!«

Seit den frühesten Morgenstunden besserte ihr Kutscher und Hausmeister Maschmann die Halligkante mit Basaltsteinen aus, damit Sturmfluten, die in Herbst und Winter die Hallig überschwemmten, den weichen Schlick nicht noch weiter abtrugen.

★★★

Hinter der Korblahnung im Osten der Hallig tauchte Maschmanns dichter blonder Haarschopf auf.

»Wat is los?«, rief er und schwenkte seine Mütze.

»Der Hund ist so unruhig. Ist jemand im Watt unterwegs?«

»Nee, bestimmt ni! Hüüt, bi dee Hitz? Do is dor buten bestimmt keen Mensch! Un de Breefträger kümmt je og ers in twee Dag wedder!«

Maschmann stieg über einen schmalen Wassergraben und kam mit gemächlich wiegendem Gang auf sie zu. Er war jahrelang zur See gefahren. Es war ihm anzumerken, dass ihn kaum etwas aus dem Gleichgewicht bringen konnte. Er pfiff, und Hunter setzte sich neben ihm auf den Hinterbeinen ab, sprang aber sofort wieder auf und horchte aufmerksam in die Stille hinein.

»Dem ist wohl die Hitze zu Kopf gestiegen«, meinte Maschmann.

»Das dachte ich zuerst auch«, sagte Gräfin Diana matt. »Aber so verrückt ist Hunter nicht. Er hört irgendetwas, da bin ich mir sicher.«

»Ik hör nix …«

»Ich schon«, sagte die Gräfin.

Maschmann kniff die Augen zusammen und musterte sie. Nachdenklich beobachteten beide den Hund, der immer noch im Watt draußen eine Beute zu wittern schien.

Nur das Saugen und Gluckern des Schlicks war zu hören. Die Hitze schien selbst die Seevögel zu vertreiben. Es war bedrückend still. Weder ein Kreischen noch ein Pfeifen oder Gurren in der Luft.

»Der Hund hat bis vorhin geschlafen. Vielleicht träumt er noch«, meinte Diana. Und ich auch. Obwohl ich nicht geschlafen habe.

»De drömt ni«, versicherte Maschmann und pfiff dem Hund hinterher, der auf dem nassen Wattboden herumfegte, kurz stehen blieb und in die Ferne lauschte.

»Sonst schlafen Sie doch um diese Uhrzeit?« Maschmann tätschelte Hunter, der sich hechelnd wieder zu ihnen gesellte.

»Ich wollte mich gerade hinlegen. Der Hund hat mich nicht in Ruhe gelassen. Ich werde mal nachsehen, was ihn so aufregt. Ich reite raus ins Watt.«

»Wäre es nicht besser, sich im Haus aufzuhalten? Sie sollten sich ausruhen. Diese Hitze sind Sie nicht gewohnt …«

Maschmann wusste, wie sehr die Gräfin es verabscheute, bevormundet oder auf ihre Befindlichkeit angesprochen zu werden. Ob sie erschöpft oder ausgeruht war, ging nur sie selbst etwas an. Die Bewohner der Nachbarinseln erzählten sich gern, die Comtesse – oder Hallig-Gräfin, wie sie von den meisten genannt wurde – müsse bereits ein hohes Alter erreicht haben. Genaueres wusste aber niemand.

Knut Maschmann war es völlig gleichgültig, wie alt seine Arbeitgeberin war. Aufrecht und stattlich erschien sie ihm kräftiger als mancher Mann, und mutiger ohnehin. Seit mehr als zwanzig Jahren war er nun bei der Gräfin angestellt und zufrieden mit seiner Arbeit. Im Winter auf dem Marschhof hinterm Deich und im Sommer auf der Hallig, die man übers Meer hinweg vom Außendeich der Trendermarsch sogar bei schlechtem Wetter mit bloßem Auge sehen konnte.

Während seiner Zeit als Jungspund auf See hatte er versäumt, ein Mädchen zu finden, das er hätte heiraten können. Eine Frau zu umschmeicheln und Gefühle zu zeigen, lag ihm aber ohnehin nicht. Geschweige denn Derartiges mit Worten auszudrücken. In Diana von Reventlow-Criminils Nähe fühlte er sich wohl. So umsichtig, wie sie alle Arbeiten – selbst die schwersten – verrichtete, passte sie ihm gut in den Kram. Am besten gefiel ihm, wie geschickt sie darin war, langatmige Klönschnacks mit einem auf die Schnacker passgenauen Satz abzukürzen. Jeder, der sich mit ihr länger als nötig unterhielt, bekam es mit ihrer Schlagfertigkeit zu tun. Ganz abgesehen von ihrem feinen, ironischen Lächeln, das ihn dann besonders freute. Er mochte auch ihre dunkle, raue Stimme, mit der sie geduldig, doch entschieden Menschen wie Tiere beeindruckte, ohne ihnen ihren Willen aufzuzwingen. Vor allem aber sprach sie Plattdeutsch, als wäre sie mit ihm in die Dorfschule gegangen.

Maschmann war in der Geest, im winzigen Dörfchen Haßmoor, geboren und aufgewachsen. Unweit des Emkendorfer Gutes, auf dem die Gräfin in ihrer Kindheit von Gouvernanten unterrichtet worden war. Damals hatte er von der Comtesse wohl gehört. Vor allem von deren Vater, dem alten Grafen Carl Adelbert Felix von Reventlow-Criminil. Zu Gesicht bekommen hatte er sie seinerzeit nie.

Das Schiff, auf dem Maschmann vor mehr als zwanzig Jahren angeheuert hatte, lag in den Sommermonaten manchmal am Kaiser-Wilhelm-Kanal auf Reede. Während eines

Landgangs half er in seinem Dorf bei der Ernte aus, als die Comtesse nach einem Helfer suchte, der ihr auf ihrem Hof auf der Insel Nordstrand zur Seite stehen könnte. Kurz nach dem Ersten Weltkrieg war das. Er war gerade siebenundzwanzig Jahre alt geworden.

Die Gräfin schien umgänglicher zu sein als ihr eigenbrötlerischer Vater. Besser, für sie arbeiten als für irgendeinen sturen Bauern. Auf jeden Fall besser, als auf einem Schiff wochenlang eingesperrt zu sein. Und schließlich - auch dort oben in der Marsch sprach man Platt. Richtig Hochdeutsch zu sprechen, hatte Maschmann nie lernen wollen. Dann hätte er mit Leuten womöglich mehr reden müssen, als ihm lieb war.

Es gab selten Sätze, für die er mehr als fünf Worte brauchte. Ohnehin stellte er nur Fragen, auf die er eine möglichst kurze Antwort bekam. In Zeiten wie diesen, fand er, wurde, egal ob hoch- oder plattdeutsch, ohnehin viel zu viel und viel zu laut gesprochen. Von Leuten, die früher rein gar nichts zu sagen hatten und nun auf einmal das große Wort führten. Mit Wörtern um sich warfen, die kein Mensch hören wollte. Er jedenfalls nicht. Die Hallig-Gräfin verstand ihn auch, wenn er gar nichts sagte. Sie verstand jede Art von Schweigen. Also schwieg Knut Maschmann. Meistens jedenfalls.

»Ich reite schnell hinaus zur Sandbank. Hunter gibt sonst keine Ruhe«, sagte Gräfin Diana.

Maschmann überlegte kurz, ob es nicht sinnvoller sei, er selbst sähe draußen im Watt nach dem Rechten.

Hat gar keinen Zweck, sie umzustimmen. Sie lässt sich nichts vorschreiben. Darin ist sie eigen. Sie findet dort sowieso nichts, dachte er dann.

»Schall ik Liese opsatteln?« Er sah zur Gräfin hinüber und wartete darauf, dass sie Nein sagen würde.

»O ja, Liese. Danke. Und bring bitte mein Gewehr und Wasser für den Hund mit. Und für mich.«

★★★

Gräfin Diana und keine Mittagsruhe? Was ist passiert, fragte sich Meta Olsen, die junge Haustochter der Gräfin, erstaunt. Während sie das Mittagsgeschirr abwusch, beobachtete sie durchs offen stehende Küchenfenster, wie Maschmann eins der beiden Haflinger-Pferde sattelte und Gräfin Diana ihm kurz darauf mit raschen Schritten an die südliche Halligkante folgte. Sie hatte ihre Kleidung gewechselt und trug jetzt eine weiße Leinenbluse und den unverwüstlichen Hosenrock. Dazu derbe halbhohe Schaftstiefel, die sie vor Jahren bereits auf Jagden in der Umgebung von Gut Emkendorf getragen hatte. In dieser Reitkleidung wirkte sie kraftvoll und unverwundbar. Auch jünger, als sie tatsächlich war.

Sie sieht aus wie eine Herrin, die ihr Land verteidigen will, dachte Meta. So unnachgiebig, wie sie dort jetzt vor Maschmann steht. Der würde ihr doch sonst so einen Ritt in dieser Mittagshitze ausreden!

Heute, in der Frühe, konnte man den Heverstrom vor lauter dichtem, zähem Morgennebel kaum noch sehen. Vielleicht hat sich jemand im Watt verirrt? Vielleicht hat die Gräfin irgendetwas gehört oder entdeckt? Aber warum schickt sie dann nicht besser Maschmann hinaus, um nachzusehen? Warum reitet sie bei dieser Hitze selbst ins Watt? Kopfschüttelnd wusch Meta weiter das Essgeschirr ab.

Gräfin Diana ruhte sich nach dem Mittagessen eigentlich immer auf dem Sofa aus. Sogar wenn Besuch da war. Und immer mit einem Buch in der Hand, obwohl sie darüber meistens einschlief. Auch Meta genoss die Mittagsstunden.

Sie zog sich dann gern in ihre Stube im Erdgeschoss zurück, die trotz hochsommerlicher Temperaturen noch kühl und etwas feucht war, rückte ihre Staffelei vor das große Nordfenster und malte.

Erstaunt beobachtete Meta nun aber, wie die Gräfin zügig das Pferd bestieg und sich von Maschmann Jagdgewehr und Rucksack reichen ließ. Sie nickte ihm dankend zu, und er legte kurz grüßend den Finger an die Mütze. Dann verschwanden die Reiterin und der Hund im Dunst wie hinter einem Vorhang.

★★★

Diana folgte ihrem Jagdhund in leichtem Trab. Hin und wieder kehrte er zu ihr zurück, um gleich mit langen Sprüngen weiter voranzupreschen. Er rannte tatsächlich auf die Sandbank zu. Dass sie dort jetzt zahlreiche Seehunde aufscheuchen würden, missfiel ihr. Wieder hob sie das Fernglas vor die Augen.

Der nur wenige Kilometer entfernte Wall Niedam aus angeschwemmtem Kies und Sand südlich der Hallig wurde vom Flimmern des Wattbodens verschluckt. Sie horchte in die Stille hinein, ob sie die vorhin an der Halligkante vernommenen Töne noch einmal hören würde.

Hunter schlug einen Haken und rannte über die Wattfläche, die im frühen Mittelalter Edomsharde genannt und damals von sogenannten Königsfriesen bewohnt wurde.

Vielleicht rannte Hunter zur Ausgrabungsstelle Utlande, wo der Heimatforscher Andreas Busch schon vor Jahren Überreste der mittelalterlichen Stadt Rungholt gefunden hatte, überlegte Diana. Vielleicht war er es, den der Hund witterte. Durchaus möglich, dass Andreas Busch auch heute wieder nach Fundstücken suchte.

Den Nordstrander Tüftler und Uhrmacher kannte sie gut. Bei seinem Antrittsbesuch auf der Hallig hatte er ihr einige archäologische Tonscherben gezeigt und erklärt, sie würden wahrscheinlich von den mittelalterlichen Siedlungen Grote Rungholt und Lütke Rungholt stammen. Im Watt hatte er zahlreiche Überreste alter Ortschaften gefunden. Pfähle einer Schleuse oder Ziegelsteine von Brunnen einstmals bewohnter, untergegangener Warften. Anfang der Zwanzigerjahre hatte er sogar eine tönerne Okarina mit nach Hause gebracht, um die sich bei den Inselbewohnern alle möglichen Spökereien und abenteuerliche Geschichten rankten.

Diana zog die Zügel zu sich heran und brachte das Pferd zum Stehen. Vernahm sie nicht wieder die klagenden Töne? Die gleichen, die sie vorhin auf der Hallig gehört hatte? Manchmal, raunten sich die Leute an der Küste zu, Ende Juni bei ruhigem Wetter, sei am Johannistag im Watt das Läuten der Glocken von Rungholts Kirchen zu hören, und ihr kam die Ballade *Trutz, blanke Hans* in den Sinn. Ein Gedicht, das Detlev von Liliencron in den 1880er-Jahren als Hardesvogt auf Pellworm der Rungholt-Sage nachempfunden hatte.

Unsinn, schalt sie sich und wischte energisch die Schweißperlen von Stirn und Wangen. Das flirrende Licht über dem Wattboden spielte ihr einen Streich. Ihr stiegen die vielen Geschichten zu Kopf, die sie im Laufe der Jahre in dieser abgelegenen Weltgegend gehört hatte. Sie war froh, dass Maschmann nicht in der Nähe war, der sie sofort für spleenig halten würde.

Diana kannte die wahre Gefahr der Umgebung: wenn die Flut höher und höher stieg und meterhohe Wellen über das flache Land hinwegtobten. Noch heute erinnerte sie sich nur widerwillig und mit Grauen an jene Sturmnacht, in der sie gefräßigen, übermächtigen Wellen hilflos ausgeliefert war. Vergeblich versuchte sie, die Todesangst zu vergessen, die sie in jener Nacht ergriffen hatte. Die endlosen Stunden, in denen sie um ihr Überleben kämpfte und ihre Pferde vor dem Ertrinken zu retten versuchte. Irgendwann hatte sie aufgehört zu zählen, wie oft Südfall und die Warft samt Hallighaus überflutet worden waren. Irgendwann gehörten die regelmäßig wiederkehrenden Sturmfluten und das zähe Ringen um jeden Meter entrissenes Land zu ihrem Leben. Genau wie das Flicken und die Instandsetzung des Hauses, der Ställe, der Zäune und Holzstege nach jedem »Land unter«.

Unvermittelt stoppte Diana ihren Ritt und ließ die Zügel auf den Hals des Pferdes sinken. Die heiße Luft erschien ihr zäh wie der feuchte Schlick, der die Hufe ihres Haflingers einsaugte. Die Stille ist unerträglich, dachte sie beunruhigt. Warum nur hatte sie unbedingt allein durch diese Leere, diese schier endlose Einsamkeit reiten wollen? Was wollte sie beweisen? Dass sie immer noch stark genug war? Nach wie vor ohne jede Hilfe auskommen könnte?

Das Meer hatte im Schlick ein gleichmäßiges Wellenmuster hinterlassen. Als wollte es daran erinnern, dass es schon bald zurückkehren würde. Der Boden war jetzt trittfester, und das Pferd kam schneller vorwärts. Diana hob das Fernglas und beobachtete, wie Hunter sich vorsichtig einem dunkel schimmernden Gebilde näherte.

Vielleicht hatte die Flut Teile eines gesunkenen Fischkutters ans Tageslicht gespült, versuchte sie, sich das merkwürdig eckig aufragende Etwas mitten im Watt zu erklären. Oder es waren Trugbilder, Luftspiegelungen, die ihr etwas gar nicht Vorhandenes vorgaukelten. Konnte es sich um eine Bombe handeln? Von britischen Tieffliegern abgeworfen, bevor sie, von überflüssig gewordener Last befreit, nach England zurückkehrten. Es war wirklich zu gefährlich, sich derzeit im Watt aufzuhalten. Maschmann hatte vor Kurzem erst berichtet, die Luftabwehr auf Sylt habe Abschüsse britischer Bombenflugzeuge gemeldet.

Fünf lange Jahre tobte dieser Krieg inzwischen. Auf ihrer Hallig hatte sie sich bisher sicher fühlen können. Doch an der Küste, drüben auf dem Festland, spitzte sich das Kriegsgeschehen allmählich zu. Vor wenigen Monaten, vor einigen Wochen erst, waren kleinere holsteinische Städte und Dörfer von Bomben der Alliierten getroffen worden.

Nach wie vor war nicht der leiseste Luftzug zu spüren, kein kühlender Windhauch strich über sie hinweg, nicht eine Möwe flog übers Watt. War es die Stille, die Hitze, der Krieg, die sie mürbemachten? Die Nerven spielen dir einen Streich, entschied Diana.

Sie gab sich einen Ruck, galoppierte auf die Sandbank zu und traute ihren Augen kaum, als sie dort ein kleines Flugzeug entdeckte. Einem hilflosen, graubraun gefleckten Riesenvogel gleich, lag es vor ihr im trockenen Sand.

Die linke Tragfläche hatte den flachen Wall nur gestreift. Auf der rechten erkannte sie deutlich das Emblem der Royal Air Force. Ein Engländer, schoss es ihr durch den Kopf, während Hunter das Flugzeug bellend umkreiste.

Sie sprang vom Pferd und befahl Hunter mit einem Pfiff an ihre Seite. Ihr Gewehr hängte sie sich über die Schulter und ging langsam auf das Flugzeug zu. Hinter der Frontscheibe des Cockpits war eine dunkelbraune Ledermütze zu erkennen. Ohnmächtig und zusammengesunken saß der Pilot auf seinem Sitz.

Die Cockpit-Klappe klemmte. Nach einigen vergeblichen Versuchen gelang es ihr, sie zu öffnen und die kurze Trittleiter auszuklappen.

Der Pilot murmelte Worte, die sie nicht verstand. Gesicht

und Ledermütze waren blutverschmiert. Die Pilotenbrille feucht beschlagen.

»I am German! I want to help you«, rief sie, während sie fieberhaft, das Gewehr im Anschlag, versuchte, im Cockpit versteckte Waffen zu entdecken.

Als sie nichts fand, griff sie nach der Hand des Mannes, die den Steuerknüppel umklammert hielt, und tastete die Ärmel seiner Lederjacke nach Waffen ab. In seiner Linken meinte sie ein Messer zu entdecken, das sich als eine kleine glänzende Querflöte entpuppte.

Kurz entschlossen packte Diana den Mann an beiden Unterarmen, um ihn durch die enge Türöffnung zu ziehen, musste sich jedoch schnell eingestehen, dass es ihr allein nicht gelingen würde, ihn von der Stelle zu bewegen. Sie mussten hier aber so schnell wie möglich weg. Die Flut würde gleich auflaufen.

Der Mann rührte sich nicht.

»You have to leave your plane«, versuchte sie, den Piloten aus seiner Ohnmacht zu wecken. »Please, try ... please! Try to follow me!« Doch er schlug die Augen nicht auf. Sie wischte sich den Schweiß von der Stirn, stieg die Trittleiter hinab, lief zu ihrem Pferd und holte die Wasserflasche. Als sie zurückkehrte, saß der Pilot immer noch stumm, mit geschlossenen Augen in seinem Sitz.

Diana löste den Verschluss seiner Lederkappe, nahm ihm die Pilotenbrille ab und setzte ihm die Wasserflasche an den Mund. Vergeblich.

Er mochte vielleicht dreißig sein, schätzte sie das Alter des Engländers ein und beobachtete sein blasses Gesicht.

Vorsichtig tastete sie noch einmal über seinen Oberkörper, seine Arme und Beine, verwundert darüber, dass er tatsächlich keinerlei Waffen bei sich zu tragen schien. Nicht einmal ein Taschenmesser.

Vor einigen Monaten erst hatte sie von Wiener Verwandten aus einer, wie bei derlei Korrespondenz mit ihnen verabredet, verschlüsselten Nachricht erfahren, abgestürzte alliierte Piloten – wenn sie ihren Absturz denn überlebten – würden mit großer Brutalität behandelt und auf offener Straße unter Beifall gelyncht. Wie hätte sich dieser Brite in solch einem Fall wohl verteidigen wollen?

★★★

Maschmann war inzwischen überzeugt, dass es ein Fehler gewesen war, die Gräfin allein ins Watt reiten zu lassen.

Wenigstens hatte sie ihr Jagdgewehr dabei. Sie war eine hervorragende Schützin. Sie würde schon einen Grund haben, sich allein auf die Suche zu machen. Vielleicht hatte sie ein verletztes Tier gehört? Das wäre ihr zuzutrauen. Für so etwas hatte sie einen sicheren Instinkt, und mit Tieren im Watt kannte sie sich aus. Oft besser noch als er. Trotzdem war es in diesen Zeiten gefährlich, im Watt allein unterwegs zu sein.

Entschlossen sattelte er Lotte, die zweite, bereits etwas in die Jahre gekommene Haflinger-Stute, hängte sein Fernglas um und holte ein Gewehr aus dem Gewehrschrank.

»Ik bin glieks wedder trüch!«, rief er Meta zu, die auf der Warft herbeirannte und ihm bis hinunter an die Halligkante folgte.

Mit Schnalzen, Zureden und kräftigem Schenkeldruck versuchte Maschmann, das antrabende Pferd zum Galopp zu bewegen. Er lockerte die Zügel, drückte sich tief in den Sattel, und der Haflinger galoppierte schwerfällig an. Hin und wieder hob Maschmann das Fernglas vor die Augen und blickte sich zu allen Seiten um.

»Dunnerschlach og«, murmelte er plötzlich und rief der Gräfin von Weitem zu: »Ik bin glieks dor!«

Diana fuhr mit dem Arm über ihr schweißnasses Gesicht und winkte ihm aus dem Cockpit heraus zu.

»Hilf mir bitte, den Mann aufs Pferd zu setzen«, sagte sie, als Maschmann bedächtig aus dem Sattel stieg.

Maschmann nahm seine Mütze ab, runzelte die Stirn, strich sich über den Kopf und setzte die Mütze wieder auf. Dann umrundete er das Flugzeug und sagte kopfschüttelnd: »Mannomann! Dat is wohl'n Engländer …«

»Ja, ein Engländer. Zum Glück!«, sagte Diana. »Er ist nicht bewaffnet«, fügte sie hinzu, als sie sein Misstrauen bemerkte.

»Fass bitte mit an. Wir müssen versuchen, ihn aus dem Flugzeug zu ziehen.«

»Op'n Peerd kann de so overs ni. De is je mehr dod as lebendig …«, sagte Maschmann.

»Um den Wagen zu holen, ist es zu spät. Die Flut läuft auf«, antwortete Diana. »Wir müssen ihn sofort auf die Hallig bringen.«

»Dat mok ik overs levers alleen«, sagte Maschmann, stieg die Trittleiter zum Cockpit hinauf und deutete auf seinen Rücken.

»Am besten he kütt hier ropp! So schwer ward he wohl ni sin.«

★★★

Meta versuchte, schneller als sonst mit ihrer Hausarbeit fertig zu werden. Sie holte die trockene Wäsche von der Leine, fegte den Dielenboden in Küche und Flur und nahm sich vor, später das frische Heu zu wenden.

Einige Futterplätze hatte Maschmann nach und nach abgemäht, um für die wenigen Tiere vorzusorgen, die ohne sie auf der Hallig überwintern sollten. Das weiche, grüne Halliggras, über das Meta sonst so gern mit nackten Füßen ging, war goldgelben Stacheln gewichen, die nun in Büscheln aus dem trockenen Boden ragten.

Die Hühner mussten wieder aus den Gemüsebeeten verscheucht werden, fiel ihr mit Blick aus dem Fenster auf. Maschmann könnte endlich mal den Zaun der Voliere ausbessern. Zu ärgerlich, wenn die Viecher dauernd das frische Gemüse wegpickten.

Bevor sie das Haus verließ, warf Meta sich ein leichtes Tuch über die Schultern, um ihre helle Haut vor der Sonne zu schützen. Rasch lief sie über die Warft, an weiß und rot blühenden Hundsrosenhecken, von Stürmen niedergedrückten Holunderbäumen und Silberpappeln vorbei, hinüber zum Gemüsegarten. Vor der Hecke, die das Gesäte vor scharfem Wind bewahrte, blieb sie wie angewurzelt stehen.

In der Ferne erkannte sie zuerst die Gräfin, die rechts und links die beiden Haflinger an den Zügeln führte.

Hinter den Pferden ging langsam und gebeugt, mit schwankenden Schritten, Knut Maschmann auf die Hallig zu. Offensichtlich trug er einen Mann auf dem Rücken.

Sie mussten im Watt einen Toten gefunden haben.

***

»Ist er ertrunken?«, rief sie Maschmann zu. Kraftlos baumelten die Arme des Mannes von Maschmanns Schultern herab. Maschmann keuchte bei jedem Schritt und schnaufte:

»So’n Schiet! Als ob das jetzt noch nötig getan hätte. Der Krieg ist doch so gut wie zu Ende!«

»Wenn wir ihn nicht gefunden hätten, wäre er ertrunken, ja«, beantwortete Gräfin Diana Metas Frage und streichelte Hunter, der seiner Herrin nicht von der Seite wich.

Meta konnte ihre Angst vor dem Fremden nicht verbergen. »Was machen wir mit ihm? Wo wollen Sie ihn denn hinbringen?«

»Wir richten ihm erst einmal auf der Bank in der Kammer ein Bett her«, entschied die Hausherrin.

»In der Wäschekammer? Neben der Küche?«

»Ja, neben der Küche. Nur keine Angst! Er ist nicht bewaffnet. Es wird schon gut gehen. Zunächst einmal müssen wir ihn hierbehalten, bis er aufwacht. Und morgen sehen wir weiter.«

Meta eilte ihnen voraus auf die Warft und öffnete die Haustür. Im Flur räumte sie einen Stuhl beiseite, um für den schweißgebadeten Hausmeister mit seiner Last Platz zu schaffen. In der Wäschekammer zog sie eine mit Schafwolle und getrockneten Gräsern gefüllte Matratze aus einem Regal und rollte sie auf der Sitzbank aus.

Maschmann ließ den Fremden auf das vorbereitete Lager gleiten, betrachtete ihn mürrisch und meinte: »De is immer no ni opwoken.«

Von Meta und Maschmann unbemerkt, hatte Gräfin Diana die Kammer betreten. Sie ergriff das Handgelenk des Bewusstlosen und fühlte seinen Puls.

»Er ist schwach«, sagte sie schließlich.

»Wie soll es jetzt weitergehen?«, fragte Meta und deckte den Patienten mit einem leichten Laken zu.

»Am besten, du wäschst ihm die Hände, die Arme und das Gesicht mit kaltem Wasser«, trug die Gräfin ihr auf. »Und suche bitte frische Wäsche für ihn heraus. Es müsste noch einiges zu finden sein, das ihm passen könnte. Mein Neffe hat bei seinem letzten Besuch Kleidungsstücke zurückgelassen.«

★★★

Am Nachmittag war Hochflut und die Hallig von träge plätscherndem Wasser umschlossen. Ein paar Federwolken schwebten über dem Horizont wie Wattebäusche.

Ein merkwürdiger Unfall, dachte Diana von Reventlow-Criminil. Bei solch klarem Wetter, solch einem Himmel, ausgerechnet hier bei uns abzustürzen, ist wirklich ein Kunststück. Vielleicht war ein plötzlicher Motorschaden der Grund? Oder hatte man ihn etwa abgeschossen? Doch Schüsse hätten sie auf der Hallig sicher gehört.

Nachdenklich ließ sie sich in ihrer Wohnstube auf das Sofa fallen und nickte auf der Stelle ein. Im Traum sah sie das düstere Gesicht ihres Vaters vor sich. Begleitet von kreischenden, wirren Lauten, unter denen sie zusammenzuckte.

Ein leises Klopfen weckte sie aus dem ruhelosen Halbschlaf.

»Bitte entschuldigen Sie. Wann, denken Sie, kommt wohl der Arzt?«

Diana von Reventlow-Criminil ließ sich nicht anmerken, wie erleichtert sie war, Metas Stimme zu hören, die das Traumgesicht ihres Vaters verscheuchte.

»Maschmann muss gleich morgen früh nach Nordstrand fahren und ihn bitten, auf die Hallig zu kommen. Wie geht es unserem Gast?«

»Er liegt da wie tot. Er atmet kaum.«

»Ich sehe mal nach ihm«, sagte Diana und erhob sich.

»Nein, nein, das ist nicht nötig. Bleiben Sie bitte liegen. Ich fürchte mich nur ein bisschen. Ich bin da unten ja ganz allein mit ihm. Er ist schließlich unser Feind.«

»Aber nein doch«, sagte Diana. »Er ist ein Fremder! Aber vor einem Engländer müssen wir uns wirklich nicht fürchten. Meine Mutter stammte aus Schottland, und ich freue mich, ihre Sprache wieder zu hören.«

Meta reichte der Gräfin ein Sofakissen, damit sie es sich bequem machen könnte. Seit ihrem fünfzehnten Lebensjahr lebte Meta nun schon auf Südfall. In wenigen Tagen würde sie ihren dreiundzwanzigsten Geburtstag feiern. Nachdem ihre Eltern gestorben waren, hatte die Inselärztin Käthe Braack die seinerzeit für allerlei Wohltaten bekannte Gräfin gebeten, Meta vorübergehend als Kostkind aufzunehmen, bis eine andere Lösung gefunden war. »Aber ja, selbstverständlich. Ich nehme das Mädchen nicht nur vorübergehend auf. Meta wird als Haustochter zu mir kommen«, hatte diese geantwortet.

Wenn Gräfin Diana mit ihr denn überhaupt über Vergangenes sprach, hatten sich deren Schilderungen für Meta eher beklemmend, sogar beängstigend angehört. Als habe Diana von Reventlow-Criminil jahrelang mutterseelenallein auf Schloss Emkendorf gelebt.

Die sonst zurückhaltende, oft verschlossen wirkende Gräfin kam ihr nun verändert vor. Als habe das Auftauchen dieses Engländers sie zugänglicher gemacht.

»Sie haben doch noch einen Bruder ...«, wagte Meta sich vorsichtig vor.

»O ja! Ich hatte einen reizenden, charmanten Bruder. Die Frauen liebten ihn«, sagte Gräfin Diana. »Leider ist Adolf Cécil nun schon seit siebzehn Jahren tot. Ich denke häufig an ihn. Er lebte in der Nähe von London und reiste von dort aus durch ganz Europa, um unsere Verwandten und Freunde zu besuchen. Erst nachdem der Comte gestorben war, kehrte er nach Emkendorf zurück.«

Die Gräfin verstummte abrupt und rieb sich über Arme und Hände, als sei ihr kalt. Als spürte sie etwas nach, vor dem sie sich fürchtete.

Ihr nochmals eine Frage zu stellen, wagte Meta nicht und wartete ab, bis Gräfin Diana sich gefasst hatte.

»Der Comte stiftete Unfrieden, wo er nur konnte. Mit Vorliebe spielte er seine Angestellten gegeneinander aus, sodass Gutsverwalter und Helfer auf unserem Gutshof ständig wechselten. Außerdem war er unfassbar geizig. Mein Bruder und der Comte waren regelrecht verfeindet und sprachen jahrelang kein Wort mehr miteinander. Unser Vater hatte Adolf Cécil nur einen geringen Teil unseres Erbes vermacht. Vielleicht, um auch zwischen uns Geschwister einen Keil zu treiben. Wir beide aber haben uns nie gestritten.«

Die Gräfin hielt kurz inne, selbst überrascht, wie stark ihre Erinnerungen sie übermannt hatten. Meta wagte nicht, sich zu rühren.

Dann berichtete die Gräfin weiter: »Nach dem Tod unseres Vaters ließen sich mein Bruder und seine Frau auf Gut Emkendorf nieder und brachten ihren luxuriösen Hausstand samt englischen Angestellten mit. Von nun an wurde dort nur noch Englisch und sehr selten Deutsch gesprochen. Zusammen mit den drei Kindern meines Bruders trafen ein vielseitig gebildeter Hauslehrer und ein Kinderfräulein ein. Dazu ein etwas schrulliger, auf englische Etikette bedachter Butler, zwei Hausdiener, der Leibdiener meines Bruders und der Kutscher Piggot. Er kam etwas später mit seiner Frau und zwei kleinen Kindern aufs Gut ...« Diana schwieg und musterte Meta lange und aufmerksam. »Du siehst ihr sehr ähnlich«, sagte sie dann. »Schon damals, beim ersten Mal, als ich dich sah, fühlte ich mich an sie erinnert. Die gleichen Sommersprossen, die helle Haut ... das rötliche Haar ... Du könntest fast ihre Tochter sein.«

Hunters leises Bellen und Kratzen an der Zimmertür zerbrachen diesen privaten Moment.

»Vielleicht ist der Pilot aufgewacht!«, sagte Meta und sprang auf.

»Geh ruhig«, sagte die Gräfin.

Bevor Meta hinauseilte und bevor sie die Treppe hinabstieg, um nach dem Fremden zu sehen, wandte sie sich noch einmal zur Gräfin um. Diana von Reventlow-Criminil stand unbeweglich vor dem Kamin, auf dessen Sims die Fotografien ihrer Familie aufgereiht waren, und betrachtete sich stumm im darüber hängenden Spiegel.

★★★

Diana nahm Metas Fürsorglichkeit, die gelungene Verwandlung der kargen Wäschekammer in ein wohnliches Krankenzimmer, zufrieden nickend zur Kenntnis. Auf dem Bügeltisch, der nun als Ablage für Verbandszeug und eine Waschschüssel mit Wasserkrug diente, hatte Meta die Wäsche für den Gast gefaltet und die silberne Flöte, die die Gräfin im Flugzeug entdeckt hatte, gut sichtbar obenauf gelegt. Sie hatte ihm Gesicht und Hände gewaschen und sein blutunterlaufenes, geschwollenes Auge verbunden.

Der Pilot stöhnte leise. Diana beugte sich über ihren Gast und betrachtete ihn nachdenklich.

»Who are you? Where am I here?«, fragte er stockend. Er betastete sein verbundenes Auge und versuchte, sich mit dem anderen zu orientieren.

»Sie sind auf Südfall an der deutschen Küste. Hier geschieht Ihnen nichts. Haben Sie Schmerzen? Morgen kommt unser Arzt«, sagte Diana und hoffte, dass er ihr Englisch verstehen würde. »Im Augenblick ist die Hallig nicht erreichbar. Es ist Flut.«

»Flut...«, wiederholte der Pilot. Dann schloss er die Augen.

Diana merkte, dass er sich an seinen Absturz zu erinnern versuchte. Es fiel ihm schwer, daran bestand kein Zweifel.

»Sie sind verletzt«, sagte sie. »Sie sind mit Ihrem Flugzeug auf einer Sandbank vor einer Hallig im nordfriesischen Wattenmeer gestrandet. Können Sie sich aufsetzen?«

Der Pilot stützte sich auf seinen Unterarmen ab, hob den Kopf und betrachtete seine Beine mit schmerzverzerrtem Gesicht. Ächzend versuchte er, sich aufzurichten, ließ sich aber gleich wieder auf die Schlafbank zurückfallen. Diana füllte heißen Tee in einen Becher, wartete, dass er ein wenig abkühlte, und legte den Arm um die Schultern des jungen Mannes. Vorsichtig richtete sie ihn auf und wartete geduldig ab, bis er Schluck für Schluck getrunken hatte. Er dankte ihr kaum hörbar und sank zurück aufs Kopfkissen.

»Maschmann muss den Arzt so schnell wie möglich benachrichtigen. Wir müssen unbedingt herausfinden, wie schwer er verletzt ist«, flüsterte die Gräfin Meta zu und ließ den Piloten dabei nicht aus den Augen.

★★★

Im schattigen Unterstand auf der Pferdekoppel bearbeitete Maschmann die beiden Haflinger mit Tuch und Bürste. Er warf ein großes Bündel Hafer vor sie auf den Boden und sah ihnen dabei zu, wie sie gierig eine Wasserwanne leerten. Auch die Schafherde schien es nach Wind und kühlendem Regen zu dürsten.

Rotgoldene Wolken über dem Horizont kündigten den Abend an. Nach und nach verdunkelte sich die spiegelglatte Meeresfläche und ließ das sehnlich erwartete Verschwinden der Sonne erahnen.

Maschmann war es immer noch viel zu heiß. Meta schien es genauso zu gehen. Oben auf der Warft öffnete sie die Fenster und Türen des Hauses und winkte ihm vom Küchenfenster aus zu. Se tövt op mi. Is wohl Tied förd Abendäten, dachte Maschmann erfreut und winkte zurück. Dann stiefelte er langsam die Warft zum Haus hinauf.

Wie würde er bloß das Flugzeug in die Scheune kriegen? Auf der Sandbank konnte es nicht bleiben. Entweder die Flut würde es mitnehmen, oder es würde von Fischern entdeckt. Außerdem würden die Engländer ihr verschwundenes Flugzeug ganz sicher suchen.

Er stellte sich alle möglichen Schwierigkeiten vor, in die sie auf der Hallig durch den Absturz des englischen Aufklärers geraten könnten. Feindberührung! Das sah man auf dem Festland gar nicht gern. Vor der Haustür blieb er noch eine Weile stehen, schob sorgenvoll seine Schirmmütze in den Nacken und wischte sich mit dem Hemdsärmel durchs Gesicht.

Die Vorstellung, das Flugzeug in seine Bestandteile zu zerlegen und allein mit dem großen Heuwagen auf die Hallig zu befördern, verwarf er gleich wieder. Selbst wenn das Wetter weiterhin so trocken bliebe, wäre das Ganze nur bei vollständiger Ebbe möglich. Außerdem fehlte ihm für derlei Arbeiten das passende Werkzeug. Und dieser Engländer könnte ihm – verletzt, wie der anscheinend war – ganz bestimmt nicht helfen. Wahrscheinlich würde er ihm auch gar nicht helfen *wollen* ... Wahrscheinlich hoffte er darauf, dass das Wrack von seinen Landsleuten entdeckt und er ohne Aufsehen von der Hallig gebracht würde.

Maschmann wurde es zusehends unbehaglicher zumute.

Morgen früh würde er als Erstes den Doktor abholen und dann zu Sönke Sönksen fahren. Der würde ihm ganz sicher helfen, den feindlichen Vogel aus dem Watt zu ziehen. Sönke wüsste bestimmt am besten, wie sie das Ding von der Sandbank runterkriegten.

»Wi mok dat schon«, murmelte er. »Dat löpt sik aans trech.«

2. TAG

Knut Maschmanns Freund Sönke war Hufschmied und Stellmacher auf Nordstrand. Bei den Insulanern hieß der Nordfriese alten Schlags mit blitzblauen Augen unter struppigen Augenbrauen, dem wettergegerbten, verschmitzten Gesicht Sönke Schmied.

Regelmäßig beschlug er die Pferde der Gräfin und reparierte hin und wieder ihren alten Heuwagen und die klobige Sturzkarre. Mit besonderer Hingabe kümmerte er sich um die beiden altertümlichen Kutschen, die noch von Gut Emkendorf stammten: den Stanhope-Einachser, der schnelles Fahren erlaubte, und den gräflichen Jagdwagen mit samtgepolsterten Sitzbänken, der seinerzeit nur aus der Remise geholt wurde, wenn Gäste des Schlosses den Jägern und Treibern als Zuschauer folgten. Mit diesen Wagen kutschierte Maschmann nun Gäste auf die Hallig, auch wenn die Gräfin nur selten Besuch bekam – weder erwünschten noch unerwünschten.

Sönke Schmied kam aus dem von Dänen geprägten Nordschleswig und sprach neben Friesisch auch Dänisch. Wissbegierig hatte er in jungen Jahren die Schriften Søren Kierkegaards studiert und konnte daraus noch immer längere Passagen zitieren. Mit Vorliebe aus den Abhandlungen zur Ironie, mit denen die Leute aus dem Dorf aber nichts anfangen konnten – nicht nur, weil sie nach mehreren Tassen Teepunsch weder Deutsch noch Dänisch verstanden. Inzwischen war die dänische Sprache neben Sönkes hintergründiger Wesensart sein Weg, den Nazis zu widerstehen.

Diana von Reventlow-Criminil, die in ihrer Jugend Dänisch gelernt hatte, sprach mit Sönke ausschließlich Dänisch, was beiden das misstrauische Getuschel der Einheimischen einbrachte. Denn wer in diesen Zeiten Dänisch sprach, machte sich sofort verdächtig, gegen Führer, Volk und Vaterland zu sein.

Manch einer munkelte, dass die Gräfin dahintersteckte, wenn Sönke Schmied geheime Bootsfahrten nach Föhr oder Sylt organisierte. Oft bis zu den dänischen Inseln oder noch weiter in den Norden hinauf. Und manch einer fragte sich, wo um alles in aller Welt er und sein Freund Maschmann die misshandelten, zu Schanden gerittenen Pferde fanden, die sie zur Gräfin auf die Hallig brachten. War wieder einmal ein amtlicher Aufruf ergangen und ein Heeresinspektor unterwegs, um kräftige Reittiere fürs Militär zu finden, führte Sönke Schmied ihm zur Begutachtung Tiere vor, die bis auf die Knochen abgemagert und mit Narben übersät zu nichts mehr zu gebrauchen waren. Wahrscheinlich zahlte die Hallig-Gräfin für ausgemusterte Pferde mehr als der Husumer Abdecker, versuchte man sich die Sache zu erklären, wunderte sich aber einmal mehr, warum die Comtesse samt Knecht und Schmied von den Nazi-Behörden nicht längst eingesperrt worden war.

★★★

Pünktlich um sechs Uhr machte sich Landarzt Carl Braack wie jeden Morgen auf den Weg zur ersten Visite im Nordstrander Inselkrankenhaus. Das reibungslose Funktionieren dieser kleinen Krankenstation war eines seiner wichtigsten Anliegen.

Zwar verband seit 1935 der in der Regel hochwasserfreie Nordstrander Damm – eine etwa vier Kilometer lange Pflasterstraße – die Insel mit dem Festland. Häufig aber war über eine Stunde Autofahrt nach Husum für manch einen Kranken oder Verletzten viel zu beschwerlich. Trotz hoher Anschaffungskosten besaß die Inselgemeinde mittlerweile ein Röntgengerät, und inzwischen reichten sogar die Krankenbetten aus, sodass das Krankenhaus mehrere Patienten gleichzeitig aufnehmen konnte.

In seiner schwarzen Daimler-Limousine, die er wie seinen Augapfel hütete, fuhr der Arzt im Schritttempo auf dem vom Regen ausgewaschenen Fahrweg zum Osterdeich hinauf zur eher schlecht als recht gepflasterten Dorfstraße.

Vorsichtig überwand er die Schlaglöcher dort und passierte die lang gestreckte Warft, auf der Niederländer aus Utrecht 1662 eine Backsteinkirche mit angebautem Pfarrhaus errichtet hatten, umgeben von einem malerischen Friedhof mit Grabstellen der ehemaligen Pfarrherren.

Nach der sogenannten zweiten Burchardi-Flut im frühen Mittelalter schickten die im Deichbau erfahrenen Niederländer gelernte Arbeiter aus Brabant in die von der Sturmflut völlig zerstörte nordfriesische Marsch. Sie ließen die alten Deiche der unter dem Meeresspiegel liegenden Landstriche flicken und bauten höhere, zur Meeresseite flach auslaufende Außendeiche. Im Laufe der Jahre entstanden so die zwei Inseln Nordstrand und Pellworm mit weiträumigen Kögen, die nun, besser geschützt, zukünftigen schweren Sturmfluten widerstehen sollten. Die Zahl der Bewohner der beiden Inseln hielt sich in Grenzen, und auf mitten im Meer liegenden, nicht eingedeichten Landstücken, Halligen genannt, lebten auf vereinzelten Warften nur wenige Menschen. Den Gezeiten, Wind und Wetter schutzlos ausgesetzt.

Etwas schneller durchquerte der Arzt nun den alten

Nordstrander Ortsteil Süden und fuhr am Dorfteich vorbei auf das Postgebäude zu. Dort bremste er, um nach Lorenz Ebsen, dem Briefträger, zu fragen. Das lass man lieber sein, du machst dich nur verdächtig. Ihn kannst du auch nachher noch irgendwo treffen, überlegte er dann und bog ab in Richtung Westen, zu seinem Krankenhaus.

Mit seiner Frau Käthe, einer zierlichen, auffällig blassen Dame mit ebenso auffälligen Schatten unter den Augen, die auf durchwachte Nächte bei Kranken oder Gebärenden schließen ließen, lebte Carl Braack nun schon seit mehr als zwanzig Jahren auf der Insel. Den Hamburger Kaufmannssohn hatte es damals in die Provinz gezogen. Er wollte an die Nordseeküste. Er schätzte die Nordfriesen. Er bewunderte sie sogar. Wegen ihres Grundsatzes *leever dod as slav* hielt er sie für besonders unangepasst.

Es sei doch eine interessante Herausforderung, dort auf den abgelegenen Inseln und Halligen die eigenen Berufsvorstellungen zu verwirklichen und unabhängig von strengen Hierarchien zu sein, begründete er seine Vorliebe, und Käthe gab am Ende nach, obwohl es ihr nicht leichtfiel.

Bei den Frauen erfreute sie sich bald des Rufs, eine tüchtige Ärztin und Geburtshelferin zu sein, und erwies sich als geduldige, unbeirrbare Verbündete. Tatkräftig unterstützte sie ihre Patientinnen auch nach einer Entbindung, wo immer sie konnte. Wenn sie über ihre arbeitslosen, oft trunksüchtigen Männer klagten, griff Käthe energisch in deren brachliegendes Familienleben ein und stellte die Wüteriche zur Rede. Bei den Männern galt sie daher als hochnäsige und streitsüchtige Person, mir der man sich besser nicht anlegen sollte.

Zu hoffnungslos erscheinenden Fällen ließ sie sich manchmal von Carl begleiten. Lärmende, gewalttätige Kerle wies der Arzt allein durch seine stattliche Körperfülle und nachdrücklich mahnendes Räuspern zurecht. Mithilfe des einen oder anderen Teepunsches wurden die Männer manchmal auch zutraulicher und klagten dem auf erstaunlich vielen, auch landwirtschaftlichen Gebieten sachkundigen Arzt, wie schwer es war, ihre kinderreichen Familien in den Sommermonaten mit viel zu wenig Geld in den Lohntüten und in den langen Wintermonaten ganz und gar ohne Arbeit durchbringen zu müssen.

Bald schon vertraute Käthe den Gezeiten, Ebbe und Flut, und sie versöhnte sich mit den immer wiederkehrenden Stürmen, die zuverlässig im Herbst und in den Frühjahrsmonaten über die aufgewühlte Nordsee hinwegfegten. Einträchtig mit den Insulanern verbunden, harrten sie und Carl dann in ihrer alten Villa aus und dachten an die Kranken und Schutzbedürftigen, die jetzt unter regennassen Reetdächern der aufgebrachten Natur trotzten: in sieben Translation Kögen, auf niedrigen Binnendeichen in zugigen Katen zwischen kleinen, aneinandergereihten Gärten – oder an Wärme spendenden Kachelöfen in großzügigen, oft kilometerweit auseinanderliegenden Marschhöfen.

Und als sei nichts gewesen, fand man sich oft über Nacht bei strahlender Sonne und mediterran anmutenden Temperaturen wieder, die dem warmen atlantischen Golfstrom zu verdanken waren und milde, ruhige Tage versprachen.

Die Ehe der beiden Ärzte, die voller Verliebtheit und hochfliegender Zukunftspläne begonnen hatte, blieb kinderlos, was sie im Laufe der Jahre aber nicht als Nachteil empfanden. Sie konnten sich so ihren Liebhabereien widmen und sich um mittellose Familien mit großer Kinderschar kümmern, ohne Honorar zu verlangen.

Mit den Jahren waren ihre stürmischen Gefühle einer verhaltenen Traurigkeit gewichen, die sie mit langen Spaziergängen bekämpften. Auf der Kuppe des Außendeichs entlangwandernd, sahen sie den auf den Feldern von Scharen kreischender Möwen umgebenen modernen Traktoren nach, wobei Carl nachdenklich sagte, der technische Fortschritt sei teuer erkauft. Dafür würden sie bald einen hohen Preis bezahlen müssen.

Gegen Abend betrachteten sie den Sonnenuntergang. Sein spektakuläres Farbenspiel, die kunstvolle Wolkenbildung entschädigte Käthe für manch eine Opern- oder Theateraufführung. Sie mochte es sich selbst nicht eingestehen, aber derlei Genuss fehlte ihr bisweilen. Vor allem dann, wenn Carl zum krönenden Abschluss des Tages im Inselkrug den ortsüblichen heißen Pharisäer orderte.

Käthe wurde nach einem einzigen dieser Kaffees, vom Wirt persönlich mit viel Rum unter einer dicken Sahnehaube serviert, jedes Mal ein wenig übel, während Carl mit zunehmend guter Laune mindestens drei davon trank und auf Plattdeutsch mit an Nebentischen sitzenden Gästen plauderte.

Käthe stieß ihm sofort mahnend ihren Ellenbogen in die Seite, sobald er seine Sätze lauthals mit »Der allseits gefeierte Führer hat ja wieder mal ...« begann, sodass er, statt den begonnenen Satz zu vollenden, blitzschnell zu anderen, unverfänglicheren, nach ihrem Geschmack etwas lasterhaften Scherzen überging. Trotz des immer lauter werdenden Stimmengewirrs harrte sie geduldig aus. Sie gönnte ihrem Carl seinen Spaß an dem burlesken Treiben. Sie liebte ihn, wie er nun mal war. Still und aufmerksam saß sie neben ihm und beobachtete besorgt, wie sich die niedrige Gaststube mit Schwaden von ungesundem Zigarrenqualm in eine Art Räucherkammer verwandelte.

An windstillen, wärmeren Tagen besuchte das Ärztepaar Gräfin Diana auf Südfall.

Die für die Hinfahrt notwendige Ebbe verplauderten sie

meistens. Und die im ungewohnt engen Gästezimmer verbrachten Nächte verliefen durchaus angenehm. Am darauffolgenden Morgen nämlich zeigten sich beide auffällig heiter und einander ganz besonders zugetan.

Es hatte etwas gedauert, bis sie mit der Gräfin warm geworden waren. Es hatte sie einige Mühe gekostet, herauszufinden, ob Diana von Reventlow-Criminil eher scheu oder doch, wie auf der Insel erzählt wurde, von kühler, vornehmer Zurückhaltung war.

Dank vorsichtiger Annäherung und weil ein medizinischer Rat Käthes der Gräfin nach einer Unpässlichkeit schnell auf die Beine geholfen hatte, gelang es ihnen, mit ihr eine etwas distanzierte Freundschaft zu pflegen. Man nannte sich beim Vornamen und siezte sich.

Nach gemächlichen Spaziergängen übers Vorland der Hallig, nachdem sie das unterschiedliche Violett des blühenden Hallig-Flieders bewundert hatten, lobte mal Käthe, mal Carl die trotz des salzigen Hallig-Bodens prächtig blühenden Rosenstöcke im gräflichen Blumengarten, das ebenso reichlich gedeihende Gemüse, und Carl steuerte sein Wissen zur richtigen Düngung bei. Dass Pferdeäpfel Schafsdung vorzuziehen seien, beispielsweise.

Am großen Holztisch vor der windgeschützten Südwand des Hallig-Hauses sitzend, aß man Metas frisch gebackenen Butterkuchen, erfreute sich am weiten Blick über die Hallig, an beeindruckenden, übers Meer hinwegziehenden Vogelschwärmen oder an Scharen von munter lärmenden Seevögeln im Watt.

Hin und wieder stiegen senkrecht Lerchen aus dem Gras, kreisten zwitschernd über ihren Nestern, und Käthe begleitete sie mit dem einen oder anderen Gedicht, das sie auswendig vortrug. Meistens das *Mailied* von Goethe.

Gräfin Diana hingegen erinnerten die jubilierenden Lerchen an jenen Tag, als sie Hallig Südfall zum ersten Mal betreten hatte, entschieden, das üppige, bunte Treiben auf Gut Emkendorf hinter sich zu lassen.

Nach dem Tod des Comte im Jahr 1908 hatte Diana zunächst zwei weitere Jahre in der Familie ihres Bruders zugebracht, so wie es sich für unverheiratete Frauen ihres Standes gehörte, es sei denn, sie zogen sich in ein Kloster oder Damenstift zurück.

Das unbegrenzt erscheinende Vermögen ihrer Schwägerin Alice hatte ihrem Bruder Adolf Cécil erlaubt, die Emkendorfer Schlossanlage in das prachtvolle Anwesen zurückzuverwandeln, das es früher einmal gewesen war, als im 18. und 19. Jahrhundert ihre Urgroßeltern auf Gut Emkendorf lebten.

Wie zu deren Zeiten trafen auf dem Gut auch nun wieder zahlreiche Berühmtheiten aus ganz Europa ein, bewunderten die Größe und Harmonie des klassizistischen Baustils und Alices großzügigen Landschaftspark, den sie nach englischem Vorbild hatte anlegen lassen.

Dianas Bruder und seine attraktive Ehefrau – sie war sechzehn Jahre jünger als er – waren ein beeindruckendes, vielseitig begabtes Paar. Neben seiner Leidenschaft für die Jagd, für Architektur und Kunst war Adolf Cécil ein guter Pianist und spielte meisterhaft Cello. Alice hatte eine klangvolle Mezzosopranstimme. Wie es hieß, hätten sie beide es zu einer künstlerischen Karriere bringen können, wären sie weniger verwöhnt gewesen.

Auf ihren häufig stattfindenden Festen, Hausmusik- und Theaterabenden feierte man sich und seinesgleichen auf eine Weise, die Diana zunehmend weniger entsprach. Sie spürte, der vermeintlich freie, in ihren Augen verschwenderische, ja verantwortungslose Lebensstil ihrer Gesellschaftsschicht verschleierte deren Blick auf drohende Umbrüche.

Etliche Jahre bevor der Große Krieg begann und früher als andere vielleicht war sie auf Vorboten kriegerischer Auseinandersetzungen aufmerksam geworden. In zahlreichen europäischen Großstädten griffen gewalttätige Ausschreitungen unterschiedlicher politischer Gruppen um sich. Diana entschied sich daher, sich auf die Suche nach einem Rückzugsort zu machen – irgendwo am Meer in der Nähe von Dänemark, wo sie unbeschwerte Jugendjahre bei einer Tante, Hofdame am dänischen Königshaus, verbracht hatte.

Dianas Reise in den Norden führte sie bald auch zu den nordfriesischen Halligen. Dort traf sie auf einen ehemaligen Kapitän, der plante, sein Haus auf Südfall zu verkaufen.

Es fiel ihm schwer, sich von seiner gewohnten Umgebung zu trennen. Das merkte sie ihm bereits nach seinen ersten, wenigen Sätzen an, mit denen er sie in Empfang nahm. Der alte Herr, der ihr von seinem einfachen, naturverbundenen Leben und seiner Tierliebe berichtete, beeindruckte sie zutiefst. Diana spürte, dieses Stück Land mitten im Meer, die naturgegebene Ordnung von Ebbe und Flut, das bescheidene Landhaus auf einer einzigen Warft würden sie nicht nur vor einem womöglich bevorstehenden Krieg schützen. An diesem Platz würde sie in Zukunft ungestört leben können. Nur sich selbst und der sie umgebenden Natur verpflichtet.

Der Kaufvertrag vor einem Husumer Notar war schnell geschlossen. Und schon wenig später, wenn sie auf der Hallig auf ihre eigene Art glücklich war, glaubte sie – und sei es auch nur für einen kurzen Augenblick –, dass sie es tatsächlich geschafft hatte: sich von innerem wie äußerem Ballast zu befreien.

★★★

Nach der Teestunde, wenn es Abend und kühl und windig wurde, stieg Gräfin Diana mit ihren Gästen angeregt plaudernd die Außentreppe zur Wohnstube hinauf. Dort gab es Portwein und Gebäck. Spätestens jetzt begannen Diana und Carl, sich ausführlich ihrem Steckenpferd, der Philosophie, zu widmen. Diana, die sich von Jugend an mit Schriften griechischer Philosophen beschäftigte, begeisterte sich für die Lehren Platons, die Fähigkeit, sich in Vernunft und Selbstbeherrschung zu üben; und Carl, dem die Lehre hedonistischer Philosophen sehr viel mehr einleuchtete, beharrte höflich darauf, ein zufriedenstellendes Leben sei ohne Genuss und gewisse Begehrlichkeiten nun einmal nicht zu haben.

Käthe setzte sich dann gern etwas abseits der beiden Diskutanten vors Kaminfeuer – von Maschmann fürsorglich bereits Stunden vorher entfacht – und las ein wenig. Manchmal entschuldigte sie sich auch bei der Gastgeberin, ging in die Küche hinunter, wärmte sich dort am Küchenherd und sah Meta bei der Hausarbeit zu.

Wie mühelos der jungen Frau alles von der Hand ging! Ob sie ein Essen kochte oder mit einem schweren, eisernen Plätteisen, das sie zuvor auf der Herdplatte erhitzte, Stück für Stück die noch feuchte Wäsche glatt bügelte, ihre Bewegungen sahen stets leicht, ja spielerisch aus. Käthe beneidete sie um diese Gabe. Sie selbst war in praktischen Dingen ungeschickt. Vielleicht, weil sie von ihren Eltern verwöhnt und umgeben von Dienstboten aufgewachsen war.

Käthe war geübt darin, sich mit weniger Sichtbarem, Verborgenem zu befassen, das die Menschen bedrängte und ihre Patienten krank werden ließ. Inzwischen fast fünfzig Jahre alt, haderte sie manchmal mit ihrem kräftezehrenden Leben. Nachts, wenn es ihr nicht gelingen wollte, den dringend benötigten Schlaf zu finden, erinnerte sie sich wehmütig an damals: als sie Carl gerade kennengelernt und sie beide ihr Studium begonnen hatten. An ihre gemeinsamen Reisen in den Süden, nach Italien. Wie sie in Venedig, im Teatro La Fenice, seinerzeit Giacomo Puccinis *La Bohème* gelauscht hatten und in Florenz für Eintrittskarten zum Besuch der Uffizien anstanden. In Rom waren sie durch kühle Handwerkergassen spaziert und versehentlich durch eine versteckte Hintertür zum menschenleeren Campo Santo Teutonico geraten; einem kleinen ummauerten Friedhof innerhalb der Gärten des Vatikans, nachdem sie zuvor einen der Wachhabenden der Schweizer Garde nach dem Weg zur Via Appia Antica gefragt und mit ihm, trotz ihres protestantischen Glaubens, über das Wohlbefinden des Papstes geplaudert hatten.

Inzwischen machte der Krieg jeden noch so bescheidenen Reiseplan zunichte. Selbst Ausflüge in die nähere Umgebung waren unberechenbar, ja gefährlich geworden. Und ihren lange gehegten Traum, eines Tages vielleicht doch in Hamburg, in einem der Stadtteile an der Alster, wohnen zu können, hatte Käthe endgültig aufgegeben, als an fünf aufeinanderfolgenden Tagen im vorigen Sommer britische und US-amerikanische Luftangriffe weite Teile der Stadt Hamburg in ein Ruinenfeld verwandelten. Zahllose Verwundete, Kranke, Hilfsbedürftige waren auf der Flucht und versuchten in Gegenden unterzukommen, die vom Kriegsgeschehen verschont geblieben waren. Nach Irrfahrten und kräftezehrenden Fußmärschen durchs Kriegsgebiet berichteten verängstigte Flüchtlinge den beiden Ärzten von kaum zu bewältigenden Erlebnissen: Wie sie nachts, beim ersten Luftangriff britischer Bomber, im Sirenengeheul kaum noch unterscheiden konnten, ob es das schwere Gewitter war, das über der Stadt niederging, das Donnern deutscher Flugabwehrkanonen oder das Krachen unausgesetzt explodierender Bomben. Wie sommerlich hohe Temperaturen und aufsteigende Brandgase in einer der darauffolgenden Nächte einen verheerenden Feuersturm entfachten, der Orkanstärke erreichte. Und wie am nächsten Morgen eine mehrere Kilometer hohe Rauchwolke die Sonne verdunkelt hatte.

Doch Carl hörte immer häufiger heimlich den verbotenen britischen Feindsender BBC. Und es war der vernichtungswütige Terror der Deutschen, der sie beide fassungslos machte.

★★★

Wie stets, wenn Maschmann das Ärztepaar aufsuchte, machte er Pferd und Kutsche an einem dafür vorgesehenen Eisenring neben der Vortreppe zur braackschen Villa fest. Er schob seinem Pferd die bereitstehende Wanne mit Wasser zu, blieb auf der Treppe stehen und schloss andächtig die Augen.

Hier war alles anders. Hier brauste der Wind geradezu einladend durch die mächtigen Baumkronen, als wollte er die Menschen bis ins tiefste Innere besänftigen. Der Wind, der drüben über die baumlose Hallig fegte, war stets von einem Pfeifen und Heulen begleitet, an das man gewöhnt sein musste.

Die braacksche Villa auf einem großen Grundstück unterhalb des Osterdeichs war von einem breiten Rinschlot umgeben, einem mit undurchdringlichem Ufergestrüpp bewachsenen Wassergraben. Je nach Stand von Ebbe und Flut füllte sich dieser Graben mal mehr, mal weniger mit schlammigem Brackwasser. Der Rinschlot hielt nicht nur die auf nahen Wiesen grasenden Rinder davon ab, auf das Gelände vorzudringen; er diente gleichzeitig dazu, den feuchten, verwilderten Park zu entwässern. In den Sommermonaten beschatteten Kastanienbäume, Stieleichen und alte Obstbäume die Villa aufs Angenehmste.

In hellerem Licht betrachtet, schien das früher einmal sonnengelb gestrichene Haus etwas heruntergekommen.

Noch bevor die melodisch klingende Türglocke seine Ankunft meldete, nahm Maschmann die Schirmmütze ab und räusperte sich abwartend.

»Moin, moin, kumm rin, mien Jung«, begrüßte ihn der Arzt nach einer Weile, wie unter Einheimischen üblich, obwohl Maschmann eigentlich nicht mehr jung, sondern zweiundfünfzig Jahre alt war.

»Moin«, antwortete Maschmann und folgte dem Doktor langsam durch den holzgetäfelten Flur in eine geräumige Stube, wo den Gast je nach Tageszeit eine – angesichts der Kriegsjahre üppige – Mahlzeit erwartete.

Der Wohnraum, dessen Wände von Tabakrauch vergilbt und an manchen Stellen bereits abgeblättert waren, glich eher einem vornehmen Salon als einem Wohnzimmer. Mildes Licht fiel durch hohe Bogenfenster und ließ die dunklen Möbel zierlicher erscheinen, als sie in Wirklichkeit waren. Die ausgeblichenen Vorhänge aus grüner Seide waren nun, wohl der am frühen Morgen schon herrschenden Hitze wegen, zur Hälfte zugezogen.

»Tee?«, fragte Carl Braack. Maschmann nickte.

»Ja bitte, aber ohne Köm.«

»Häs recht, mien Jung. Is ja og wedder bannig heiß. Viel zu heiß für Teepunsch«, meinte der Doktor und goss den bereitstehenden Tee in eine Teetasse.

Den heißen Tee goss Maschmann langsam auf die kühlende Untertasse und schlürfte vorsichtig daran.

»Wir haben einen Fremden auf der Hallig«, sagte er bedächtig.

»Einen Fremden, soso. Woher?«

»England«, sagte Maschmann.

»Einen Engländer also ...«

»Ja. Ein Aufklärer.«

»Kam dann wohl per Flugzeug. Gut, gut ... Sehr gut sogar«, sagte der Arzt und zog das *sehr* dabei in die Länge.

»Na ja, irgendwie kam der runter, mitten auf der Sandbank. Ist wohl verletzt. Die Gräfin lässt fragen ...«

»... ob ich kommen kann«, beendete der Doktor Maschmanns Satz.

Carl Braack ging in den Nebenraum, dessen Wände bis unter die Decke mit Bücherregalen vollgestellt waren, und setzte sich an seinen Schreibtisch.

»Eigentlich habe ich jetzt Sprechstunde und müsste mir gleich einige Patienten ansehen«, erklärte er, nachdem er seinen Terminkalender studiert hatte. »Den Engländer können wir jedenfalls unter keinen Umständen ins Krankenhaus nach Husum schaffen. Und unseres ist voll belegt. Ohnehin ist es in beiden Häusern für ihn viel zu gefährlich. Ein Brite, dazu noch Pilot, ist jetzt nirgendwo sicher. Wir müssen den Mann wohl auf der Hallig verarzten.«

»Das kriegen wir hin«, meinte Maschmann und dachte dabei an die Tiere, die er und die Gräfin auf der Hallig schon unter viel widrigeren Umständen gesund gepflegt hatten.

»Wann willst du wieder los?«, fragte der Doktor.

Maschmann schielte bedauernd über den Frühstückstisch und biss noch schnell in eine Scheibe Schwarzbrot mit fetter Bauernmettwurst.

»Wenn Sie vor der Flut zurück sein wollen, jetzt gleich. Wir müssen auch noch bei Sönke Schmied vorbei. Der soll auch mit rüber auf die Hallig.«

★★★

»Ich hol mein Werkzeug und lauf schnell zum Kollegen Assmann. Damit der Bescheid weiß, dass ich erst einmal weg bin«, war alles, was Sönke Schmied sagte, bevor er sich wenig später neben dem Doktor auf der abgewetzten Sitzbank der Stanhope-Kutsche niederließ.

Carl Braack rückte laut aufseufzend noch näher an Kutscher Maschmann heran. Er brauchte Platz, was am fetten Speck und der guten Butter liegen mochte, die manch ein Patient ihm bei Hausbesuchen statt eines Honorars zusteckte, vielleicht auch am süßen Rheinwein, den er in seinem Weinkeller hortete.

Maschmann straffte die Leinen und rief dem Pferd ein aufforderndes »Hüa, Hüa!« zu. Jeder Einheimische, der aus seinem Stall oder Garten hervorrannte, um die vorbeiratternde Kutsche zu sehen, wurde mit fröhlichem »Moin, moin« begrüßt. Kutscher Maschmann legte dazu noch kurz den Zeigefinger an seine dunkelblaue Schirmmütze und machte eine zackige Handbewegung. Darum bemüht, die Kutschfahrt nach nichts Besonderem aussehen zu lassen.

Bereits von Weitem sahen sie, wie der Briefträger am Außendeich der Trendermarsch von seinem Fahrrad stieg. Seit Jahren brachte Lorenz Ebsen bei Ebbe die Post der Gräfin auf die Hallig und war gerade dabei, sich zu ihr auf den Weg zu machen. De will jetz hoffentli ni to uns, dachte Maschmann und rief: »Moin, Lorenz, wat moks du denn hier?«

»Na jem Halunken«, rief Lorenz Ebsen zurück, »dat wull ik di og jüs frogen! Ik mut gau op de Hallig! Is de Gräfin dor?«

Mit lautem »Brrr!« brachte Maschmann die Kutsche neben Ebsen zum Stehen. »Wo schall se denn sons sin«, sagte er ungnädig.

»Bis du krank?«, fragte der Briefträger unbeeindruckt und schielte neugierig zu Carl Braack hinüber.

Dass Maschmann putzmunter war, konnte er wohl sehen. Aber er wunderte sich offensichtlich, warum der Doktor zwischen Maschmann und Sönke saß, eingeklemmt wie ein Hering.

»Is wat mit Meta?«, wollte er nun wissen. Nach der Hallig-Gräfin und deren Gesundheit zu fragen, wagte er nicht. Das war *nischeelig*. Und neugierig sein, das gehörte sich nicht. Schon gar nicht für einen Briefträger.

»Nöö, Meta? Dee geit dat goot«, anwortete Maschmann. »Allerbest«, schob er schnell noch hinterher.

Unschlüssig hielt Ebsen einen Brief an die Gräfin in der Hand. Drehte ihn mal auf die Rück-, dann wieder auf die Vorderseite.

»Schall ik dee mitnähm?«, fragte Maschmann ungeduldig.

»Ik wet ni«, sagte Ebsen, der jetzt noch um einiges lieber als vorhin schon übers Watt gestiefelt wäre, um der Gräfin den Brief höchstpersönlich zu übergeben. Nicht nur, weil er das für das Zuverlässigste hielt. Er hätte dann sicher erfahren, warum Maschmann mit dem Doktor und seinem Freund Sönke am helllichten Vormittag zu ihr unterwegs war.

»Nu man los«, unterbrach Carl Braack die beiden. »Den Brief kannst du mir geben. Ich verlier den schon nicht. De kütt genauso schier an wie ik og«, wechselte er schnell ins Plattdeutsche.

»Is goot, ob Se kann ik mi je veloten«, antwortete Ebsen erleichtert und überreichte dem Doktor den Brief, ohne sich um Maschmanns beleidigte Miene zu kümmern.

»De sien Büx is og ni anners as mien«, schnaubte der, schnalzte kurz, und das Pferd setzte sich mit einem Ruck in Bewegung.

Ebsen setzte seine Mütze auf, drückte sie fest in die Stirn und schwang sich auf sein Fahrrad.

»Ik lop denn morgen fröh glieks röver de Gräfin eer Post avholn«, rief er Maschmann zu.

»Am bessen, du löps nomiddags röver. Wenn Hochfloot is. Un pass bloß op, dat du denn keen natte Fööss kriss!«, lachte Maschmann vom Kutschbock herunter und ließ Ebsen auf seinem Fahrrad in einer Staubwolke zurück.

★★★

Auf trockenem Wattboden dauerte die Fahrt zur Hallig mit der schnellen Kutsche ungefähr eine Stunde.

Trotz Ebbe waren die Priele noch mit Meerwasser gefüllt. Pricken, etwa sieben Meter hohe, in regelmäßigen Abständen in den Meeresboden gerammte Holzstangen mit Reisigbündeln am oberen Ende, wiesen den sicheren Weg übers Watt.

Maschmann beachtete diese Wegweiser schon lange nicht mehr. Er würde jeden Weg zur Hallig finden. Wenn es sein müsste, mit geschlossenen Augen, behauptete er gern.

Er war gespannt, was vom Flugzeug des Engländers noch zu retten war. Vielleicht war wenigstens das Wrack noch etwas wert.

Maschmann wusste nicht nur sein Geld zusammenzuhalten. Er war ein eifriger Strandläufer und froh, dass ihm auf der entlegenen Hallig kein öffentlich bestellter Strandvogt in die Quere kam.

Nach jedem Sturm umrundete er das Eiland mehrmals, um angeschwemmtes Strandgut einzusammeln: Kisten mit Schiffszwieback, Dosen mit englischem Tee und feinem Gebäck oder reichlich Fisch- oder Fleischkonserven. Hin und wieder fand er sogar geräucherten Schinken, dessen Geschmack die salzige Nordsee seiner Meinung nach noch verfeinerte.

Manchmal fand Maschmann auch gut verschlossene Seekisten. Von Seeleuten über Bord geworfen, weil sie

Schiffbruch erlitten hatten und hofften, sie an Land bald wiederfinden zu können. Wahrscheinlicher aber war, dass diese Männer mit ihren Schiffen untergingen und ertranken.

Wenn Maschmann nach seinen Streifzügen diese selbst gezimmerten, klobigen Holzkisten öffnete, fand er Taue, Messer und allerlei anderes Zeug wild durcheinander. Manches davon war gut zu verkaufen. Hin und wieder fielen ihm alte, vergilbte Fotografien entgegen. Darauf ein kleines Mädchen mit Puppenwagen oder eine Bäuerin zwischen ein paar Hühnern, die Maschmann dann für die Mutter des Seekistenbesitzers hielt, oder das Foto einer Kate, irgendwo in einem blühenden Obstgarten.

Die ausgeblichenen oder verwaschenen Daten und Namen auf der Rückseite solcher Bilder konnte er zwar kaum entziffern. Trotzdem trocknete er sie jedes Mal, legte sie zwischen saubere Tücher und bewahrte sie in Zigarrenkisten auf. Falls mal jemand danach fragen sollte.

Sönke spuckte seinen Priem haarscharf am Doktor und Maschmann vorbei in den Schlick.

»Was ist damals eigentlich aus dem Projekt ihres Neffen Hubert geworden? Die Gräfin hatte ihm und seinem Freund doch Geld für zwei Sportflugzeuge geliehen?«, fragte er dann.

»Die Gräfin ist Huberts Freund so richtig auf den Leim gegangen. Der Kerl hat das ganze Geld geklaut damals. Ihr Neffe hatte das Geld auf einem gemeinsamen Konto geparkt. Hinterher wusste dann kein Mensch, wo dieser angebliche Freund mit dem Geld geblieben war. Auch die Gräfin nicht. Sie hat sich aber nie etwas anmerken lassen. Hat sich auch nie drüber beschwert, dass ihr Geld weg war.«

»Sie hat wirklich gar nie nachgeforscht?«

»Die Gräfin war von der Idee, fliegen zu können, ganz begeistert. Vielleicht hat sie ihrem verschwundenen Geld auch deshalb nicht nachgetrauert. Wegfliegen können. Dahin, wo es friedlich ist … wo es keine Kriege gibt, sagt sie oft. Als ob es irgendwo auf dieser Welt jemals nur einen Tag lang friedlich gewesen wäre. Sie hatte schließlich schon den Großen Krieg in der Tasche. Sie ist ja keine Romantikerin …«

Maschmann konnte den Wunsch der Gräfin sehr gut verstehen.

Auch er wollte früher immer und überall weg. Bis zu dem Tag, an dem die Gräfin ihn bei sich angestellt hatte. Seitdem war er mit seinem Leben zufrieden.

Vorher hatte er sich dauernd gewünscht, dass sein Leben ganz anders, leichter sein müsste. Die Bauern beuteten ihn gnadenlos aus. Auf jeder Arbeitsstelle musste er fast rund um die Uhr für einen Hungerlohn schuften. Mähen, Heu einfahren bis tief in die Nacht, Kühe melken, Pferde füttern und striegeln, Ställe ausmisten, Zäune reparieren, Dächer flicken. Und die Arbeit auf See, als Deckjunge auf verrosteten Lastkähnen, die war noch schlimmer. Da kam er aus der Schufterei überhaupt nicht mehr raus und fühlte sich erst recht eingesperrt, wie im Gefängnis. Und dann kam der Krieg … die Schützengräben … das Schießen und Sterben um ihn herum … Das hatte er nur mit Müh und Not überlebt.

Sönke wäre nun gern noch mal auf diesen auf der Sandbank abgestürzten Engländer zu sprechen gekommen. Mit dem stand ihnen ganz sicher noch einiges bevor. So einen auf der Hallig zu haben, war ja so ne Sache … Das war bannig gefährlich, und zwar für alle. Sönke merkte aber, dass sein Freund, der den Mund sowieso am liebsten nur zum Essen aufmachte, nun erst einmal gar nichts mehr sagen wollte.

Die restliche Wegstrecke legten die drei Männer schweigend zurück. Sönke beobachtete die Wildenten, die sich im

Watt versammelten, und überlegte, wann er mit Maschmann wohl wieder mal auf Jagd gehen könnte. Carl Braack putzte ständig an seiner Brille herum, blinzelte kurzsichtig den aufgescheuchten Silbermöwen hinterher und bedauerte, dass er zur Hallig nicht mit seinem alten, bequemen Daimler fahren konnte. Diese Kutsche war ihm einfach zu hart gefedert, mochte sie noch so herrschaftlich sein.

***

Am Horizont glitzerte Südfall im nassen Watt wie ein Kleinod auf Silberpapier.

Je näher sie kamen, desto besser waren der dunkelgraue Schlick der Halligkante und die Wassergräben zwischen vor Hitze ausgetrockneten Salzwiesen zu erkennen; und überall der dichte Teppich mit abwechselnd hellem, dann dunklerem, rosarot oder violett blühendem Strandflieder.

Langsam tauchte aus dem sonnengebleichten Bunt die höher liegende Warft mit einem großzügigen, etwas windschiefen Holzhaus auf. Dahinter zwei Ställe für zahlreiche Tiere und eine bemerkenswert ausladende Scheune, in der die jungen Abenteurer, der gräfliche Neffe und dessen Hallodri-Freund, ihre Flugzeuge gebaut hatten. Schon bald kam der flache Anbau aus roten Ziegeln in der Nähe des Pferdestalls zum Vorschein. Die Behausung von Knut Maschmann: zwei kleine Kammern neben einer geräumigen Werkstatt.

Nur wenige Meter davon entfernt bewohnte Diana zusammen mit Meta das skandinavisch anmutende Landhaus.

Im Gegensatz zu den reetgedeckten Katen und Marschhöfen war ihr Haus mit einstmals schwarzer Teerpappe gedeckt. Von der Meeresluft angenagt, war das Dach inzwischen mit grünlich grauen Moospolstern überzogen.

Wie ein Boot war dieses Holzhaus aus breiten, von Regen und Wind ausgebleichten Planken gebaut, als sei es wie ein längst versunkenes Schiff irgendwann aus dem Meer wieder aufgetaucht. Die Zuflucht von jemandem, den es aus einer anderen Welt auf diesen winzigen Flecken Land mitten im Meer verschlagen hatte.

Vor dem ausladenden Südgiebel verströmten bis in die milden Winter hinein weiße und rosarote Kletterrosen einen zarten Duft, der die Gräfin an Sommertage auf Gut Emkendorf erinnerte.

Im oberen Stockwerk, von der Wohnstube der Gräfin aus, gestatteten bodentiefe Fenstertüren, die sich zu der das ganze Haus umlaufenden Veranda öffnen ließen, einen weiten Blick in alle Himmelsrichtungen: bis hinüber zur Halbinsel Eiderstedt im Südwesten, im Osten bis nach Nordstrand und nach Norden zur ebenso flachen und grünen Insel Pellworm. Bei klarer Sicht war sogar die sehr weit westlich im Meer gelegene Hallig Süderoog zu erkennen.

Im Garten vor dem Haus ein Fehting. Dieser tiefe Süßwasserteich, der das aufgefangene Regenwasser speicherte, war für die Hallig-Bewohner überlebensnotwendig. Ebenso der überdachte und mehrere Meter tief gebohrte Grundwasserbrunnen. Dessen brackig schmeckendes Trinkwasser wurde mittels einer gusseisernen Pumpe in die Küche im Erdgeschoss und in eine Art Badezimmer gepumpt, das mit einer Zinkwanne und einem umständlich zu bedienenden Wasserklosett ausgestattet war.

Selbst heftigste Stürme hatten diesem Hallig-Haus bislang nicht schaden können. Mit gewohnt ironischem Lächeln pflegte die Gräfin zu sagen, wegfliegen könne es ja nicht. Es biete dem Wind schließlich keinerlei Angriffsflächen. Er dürfe also gern weiterhin durch sämtliche offene Fugen der Außenwände pfeifen.

***

Meta winkte den drei Männern aufgeregt zu und rannte die Warft hinunter. »He is opwoken«, rief sie, obwohl sie es gar nicht so genau wusste. Denn wenn sie nach dem Verletzten sah, lag er mit geschlossenen Augen da. Ein bisschen wie tot, fand Meta.

»Schön«, sagte Carl Braack und stieg hüftsteif vom Kutschbock ab. »Dann wollen wir mal sehen, was mit ihm los ist.«

»Wie heißt der Mann eigentlich?«, fragte er die Gräfin, die ebenfalls auf die drei Männer zugeeilt war.

»Bisher hat er kaum etwas gesagt. Seinen Namen hat er mir auch nicht verraten«, antwortete sie, während sie den Arzt erleichtert und mit festem Händedruck begrüßte.

Ebsens Brief übergebe ich Gräfin Diana etwas später, überlegte Carl Braack. Wenn ich mit ihr in Ruhe darüber sprechen kann.

»Na, dann wollen wir mal sehen«, wiederholte er tatkräftig, »wo haben Sie ihn denn versteckt?«

»In der Wäschekammer«, antwortete Gräfin Diana. Sönke und Maschmann feixten.

»Dort haben wir ihn am besten unter Kontrolle«, lächelte die Gräfin nachsichtig, gab den beiden Männern aber mit energischem Wink zu verstehen, statt neugierig herumzulungern, sollten sie besser an ihre Arbeit gehen.

Mit lautem Schnalzen setzte Maschmann die Kutsche wieder in Gang und verschwand mit Sönke hinter der Warft. Er hatte ohnehin vorgehabt, ihm noch zwei Pferde zu zeigen, die neue Hufeisen brauchten.

In der Wäschekammer wurde nun wieder Englisch gesprochen. Wobei es Meta so vorkam, als würde der Arzt des Öfteren das Englische mit dem Plattdeutschen verwechseln. Sie verstand nämlich Worte wie Wirbelsäule, Gehirnerschütterung und Fraktur.

Wenig später am Küchentisch verlangte der Doktor nach Schreibpapier und einem Stift.

»Wie heißt der junge Mann?«, wollte er wieder wissen.

»John Philip ... und Gunter ist sein Nachname«, antwortete Meta blitzschnell. Sie hatten den Namen aufgedruckt in der Innenseite der Tasche des Engländers entdeckt.

»Soso ... Ihr beide habt euch wohl schon angefreundet«, schmunzelte der Arzt.

Nach dem harten Aufprall und dem Transport auf Maschmanns Rücken sei Mister Gunter eine holprige Kutschfahrt nicht zuzumuten, befand er dann, eingedenk seiner gerade erst selbst überstandenen Reise durchs Watt.

Er habe leider keine Röntgenaufnahme zur Hand, um seine Diagnose zu belegen. Wie er ertastet habe, reagierten sämtliche Wirbel aber äußerst gereizt, und Muskeln und Faszien schmerzten ganz offensichtlich bis in die Zehen hinunter. Und wie sie ja alle selbst hätten sehen können, seien Beine und Füße zum Glück zu bewegen. Nun allerdings müsse der Patient unbedingt ruhen und dürfe vor allem nicht mehr als notwendig herumlaufen.

Wie stets hatte er in seiner Arzttasche ein starkes Schmerzmittel dabei. Für schwere Fälle.

»Zur Stützung der Halswirbel sollten Sie dem Guten ein Kissen fest um den Hals wickeln«, wandte er sich an Meta.

»Und sein Bett braucht eine Gipsschale«, sagte er und zeichnete ein unförmiges Etwas auf, in das man den Kranken vorsichtig hineinlegen müsse.

»Du rührst den Gips glatt an, gießt ihn in die Badewanne

und lässt ihn langsam austrocknen«, erklärte er, als handele es sich um Kuchenteig. Meta nickte bereitwillig, konnte sich aber unter dem schiefen Oval, das der Doktor aufmalte, rein gar nichts vorstellen.

Carl Braack drehte seine Zeichnung nochmals prüfend hin und her, als er ihren fragenden Blick bemerkte.

»Maschmann soll sich das hier mal ansehen, der weiß dann schon, was zu tun ist. Der kennt das aus dem Lazarett damals; im Krieg vierzehn-achtzehn.«

»Du kennst dat vun domols, so`n Gipsbett? Wenn wers du denn im Lazarett? Wie lang denn? Dovun wet ik je gor nix!«, rief Meta Maschmann zu, der gerade hereintrat.

»Ik hev ni een eenzige Stün in irgendeen Lazarett in irgendwat legn. Woher schall ik wohl so'n Gipsbett kenn ... Sönke, häs du so'n Ding, son Gipsbett mol sehn?«, rief er seinem Freund zu, der vor der Haustür die mit Schlick verschmierten Stiefel auszog und auf Socken in die Küche kam.

Maschmann ging das Theater um den halb toten Engländer nebenan gewaltig gegen den Strich. Ruppig griff er nach Carl Braacks Zeichnung und machte eine Kopfbewegung in Richtung Sönke, die so viel hieß wie: Nix wie ruut hier!

»Gipsbett ... dor kann doch keen Mensch in slopen. Wo soll ich denn jetzt den Gips herkriegen«, zischelte er ihm zu, kaum dass sie aus der Küche raus waren. »Selbst wenn ich welchen finde, ist der längst festgebacken wie Hundekuchen. Ist doch überall viel zu feucht hier!« Der Sack Gips, den sie nach längerem Suchen denn doch in Maschmanns Werkstatt fanden, war zu ihrer Überraschung noch trocken.

Kurz darauf strich Meta im Badezimmer unter fachmännischen Ratschlägen der drei Männer einen Gipsbrei in der

Zinkwanne glatt, bis eine halbwegs passgenaue Schale entstand.

»Dann können wir jetzt ja wieder zurück nach Nordstrand«, sagte Carl Braack zufrieden. »Der Gips trocknet von allein. Lasst die Schale aber nicht zu trocken werden, sonst zerbricht sie beim Herausnehmen.«

Ungeduldig tigerte Maschmann im Flur hin und her.

Warum eigentlich bin ich hier wieder der Einzige, der auf die Tide, die verschiedenen Uhrzeiten von Ebbe und Flut achtet? Die Fruenslüt sollen zusehen, wie sie zurechtkommen! Am Abend bin ich doch wieder zurück, dachte er und rief in Richtung Küche: »Gau, gau, wi möten los! Beeilung!«, setzte er auf Hochdeutsch nach und blieb neben der offenen Küchentür stehen.

Der Doktor machte keinerlei Anstalten, sich zu erheben. Wahrscheinlich geht's wieder um die neuesten Nachrichten von der Front und was sich die Leute auf den Inseln über den Krieg erzählen, dachte Maschmann. Wer sich freiwillig gemeldet hat, bloß um dann für Hitler zu sterben, diesen Wahnsinnigen, wie Carl Braack sich nur seiner Frau und Gräfin Diana gegenüber auszudrücken wagte. Und welcher der zum Sterben viel zu jungen Insulaner inzwischen vermisst oder an der Front gefallen ist.

Dieses Mal aber sprach der Arzt mit der Hallig-Gräfin über den Brief, den der Briefträger für so besonders gehalten hatte und nur dem Doktor in die Hand drücken wollte.

»Wir müssen jetzt wirklich aufpassen und dürfen nicht auffallen«, sagte Carl Braack leise. »Es herrscht viel Aufregung rundum. Das gegenseitige Bespitzeln und Anzeigen hat Ausmaße angenommen, die beängstigend sind. Der Krieg geht aufs Ende zu, hat zumindest BBC gestern Nacht gemeldet.«

»Das höre ich gern!«, raunte ihm die Gräfin zu. »Aber wo sollten wir den Piloten sonst verstecken? Im Augenblick wäre er weder in Ihrer Villa noch in Ihrem Krankenhaus sicher. Und auf meinem Hof drüben fällt ein Fremder sogar mitten in der Nacht auf. Wir behalten ihn am besten hier.«

»Da haben Sie recht. Irgendjemand steht immer herum und passt auf, was vor sich geht«, sagte der Arzt.

Maschmann räusperte sich mehrmals, um auf sich aufmerksam zu machen.

Die beiden achteten aber gar nicht auf ihn. Sie steckten die Köpfe zusammen und studierten den Brief, der vor ihnen auf dem Küchentisch lag.

»Das sind wirklich gute Nachrichten«, sagte die Gräfin. »Ihr Kollege konnte die Gestapo offenbar abschütteln und ist in den Pyrenäen angekommen. Meine Bekannten in Toulouse werden versuchen, ihm mit den Papieren zu helfen, damit er nach Portugal weiterreisen kann. Der Briefträger warnt mich inzwischen fast jeden Tag, dass ich vom Gauleiter und seinen Leuten überwacht werde. Er befürchtet sogar, dass alle an mich adressierten Briefe geöffnet und gelesen werden.«

»Allmählich spricht sich herum, dass dieser Krieg verloren ist. Es sind eine Menge Gerüchte im Umlauf. Man darf kaum noch jemandem trauen«, antwortete Carl Braack. »Sie müssen jetzt wirklich besonders vorsichtig sein.«

»Zum Glück halten mich die Schnüffler für eine verschrobene alte Einsiedlerin, die nichts anderes im Sinn hat als ihren Hühnerhof. Für eine, die Bettelbriefe an Verwandte und Bekannte schreibt, Kartoffeln anbaut und ein paar klapprige Gäule auf ihrem Gnadenhof durchfüttert. Briefträger Ebsen wird mir auf jeden Fall weiterhin berichten, was er sieht und hört. Das hat er mir versprochen.«

»Und wann werden Sie diesen wirklich sehr erfreulichen Brief beantworten?«

»Das mache ich, sobald ich Ruhe dazu finde. Mit meiner Antwort werde ich mir dieses Mal besondere Mühe geben müssen.«

★★★

Die drei Männer hatten die Hallig verlassen, und es wurde still im Haus.

Die Gräfin zog sich in ihre Stube zurück. Hunter hatte sich im Erdgeschoss vor der Kammer ihres Gastes ausgestreckt, als wollte er ihn bewachen.

In der Sandbucht im Westen der Hallig lief kaum wahrnehmbar das Wasser auf und schimmerte glasklar in verführerischem Hellblau. Schade, dachte Meta. Zum Schwimmen ist es zu früh. Die Flut steht noch nicht hoch genug. Außerdem muss jemand in der Nähe des Fremden bleiben. Wer weiß, was er anstellt, wenn er merkt, dass nur noch wir beiden Frauen auf der Hallig sind. Schließlich ist er Soldat und hält sich auf feindlichem Gelände auf. Womöglich sperrt er uns ein und versucht, aufs Festland zu gelangen. Noch haben wir Niedrigwasser, noch könnte er hier wegkommen. Hat Gräfin Diana nicht behauptet, eher könne sie auf einen Menschen, der ihr schaden wolle, als auf ein Tier schießen?

Wäre Maschmann jetzt bei ihnen, würde sie sich sicherer fühlen.

Meta rückte die Bank in den Schatten neben die Haustür und stellte einen Korb mit Gemüse darauf ab. Sie blickte über die spiegelglatte, langsam ansteigende Flut. Die nur wenige Kilometer entfernte Nachbarinsel Nordstrand schien endlos weit entfernt. Im Hitzedunst lag sie am Horizont wie ein fadendünner Strich.

Meta setzte sich und begann Kartoffeln, Möhren und Rüben zu schälen. Sie würde daraus, wie so oft in den vergangenen Jahren, eine trotz allen Mangels schmackhafte Suppe kochen. Sie würde gut haushalten müssen, wenn sie sich ihre ohnehin spärlichen Vorräte nun mit einem Fremden teilten. Auch in diesem Kriegsjahr war die Ernte keineswegs üppig ausgefallen. Schon in den vergangenen Wintern wurden sie kaum satt.

Trotz der Sonnenstrahlen bekam Meta eine Gänsehaut, als sie sich daran erinnerte, wie fünf Jahre zuvor das Meer zwischen der Hallig und den Nachbarinseln zugefroren war, sodass selbst zu Fuß niemand mehr zu ihnen gelangte. Ebbe und Flut hielten die Eisdecke über dem Watt gefährlich in Bewegung. Weder Briefe noch sonstige Nachrichten konnten sie erreichen. Bis zu jenem Tag vor Weihnachten, als Briefträger Ebsen sich mit einem leichten Pferdewagen übers Eis gewagt hatte.

Es wäre doch schade, die Weihnachtspost erst nach Weihnachten lesen oder die Geschenke womöglich erst zu Ostern auspacken zu können, hatte er gutmütig gelacht und dabei seine rot gefrorenen Hände über dem Herdfeuer warm gerieben. Wie sehr er sich um die drei Hallig-Bewohner gesorgt hatte und wie erleichtert er war, die drei geschwächt, aber wohlbehalten vorzufinden, hatte er ihnen erst später berichtet.

Fröstelnd dachte Meta daran, wie sie wochenlang über eine dunkelgraue, bedrohlich schimmernde Eisfläche geblickt hatten, die bis zum Horizont zu reichen schien. Brüchige Eisplatten gefrierender Wellen türmten sich zu unheimlichen Schollenbergen auf. Ein schneidender Wind trieb den Schnee vor sich her mit Eiskristallen, spitz wie Nadeln.

Das Brennholz hatte gerade gereicht, um für ein paar

Stunden den Kamin in der Stube der Gräfin und den Küchenherd zu bestücken. Manchmal gelang es, mit warmem Wasser, ein wenig Hefe und Mehl ein Brot zu backen, das aber kaum genießbar war. Und die wenigen eingelegten Möweneier, etwas Milch und die verbliebenen Futterrüben teilten sie sich mit den Tieren.

***

Als John Philip Gunter erwachte, fühlte er sich ganz leicht. Wenn nur dieses Schwanken, dieses unnatürliche Surren in seinen Ohren nicht wäre.

In seinem Innern wirbelten seltsame Bruchstücke durcheinander, ließen ihn an Wasser denken, an eine schimmernde, wellige Fläche, die aussah wie Meeresgrund, auf den er schneller und schneller zuraste. Er sah eine weite, sandige Ebene unter sich ... und plötzlich dieses unheilvolle Knirschen!

Dass er mit dem Kopf aufprallte, daran erinnerte er sich noch, und an das über ihn gebeugte Gesicht einer Frau mit tief liegenden, dunklen Augen.

»Oh«, hörte er die helle Frauenstimme, die ihm vorhin bereits aufgefallen war. »Sie sind ja wach!«

John Philip konnte die junge Frau, die an sein Bett trat, nur verzerrt mit einem Auge sehen. Das andere Auge zu öffnen, gelang ihm nicht. Es schmerzte und schien zugeschwollen oder verklebt zu sein.

Wie lange lag er wohl hier schon in diesem Zimmer, in das die Sonne hineinschien, als sei heller Morgen? Diese junge Frau ... sie sieht dänisch aus, dachte er, obwohl er sie nur durch einen flackernden Schleier hindurch wahrnehmen konnte. Die feine weiße Haut, das rötliche Haar. Sie könnte sogar Engländerin sein.

»Wie geht es Ihnen, geht es Ihnen besser? Sie waren lange ohnmächtig. Wir haben uns Sorgen gemacht«, sagte die junge Frau.

»What time is it? Where am I?«, fragte er und dachte, wo zum Teufel bin ich hier gelandet?

John versuchte, sich zu erinnern: Wie er im Morgennebel eine friedlich mitten im Meer liegende winzige Insel entdeckte. Wie er sich für Sekunden wünschte, dort leben zu können ... Und dann das Stottern des Motors. Wie er versuchte, sein abwärtsschlingerndes Flugzeug zurück in die Horizontale zu bringen.

Allmählich erinnerte er sich auch an ein Rattern, den Sturzflug, das Abwärtsrasen, das er nicht bremsen konnte ... An ein schmerzendes Rauschen in den Ohren, das beängstigende Gefühl, er ginge unter wie ein Stein.

Danach war alles dunkel.

»Sie sind im Wattenmeer vor der nordfriesischen Küste notgelandet«, hörte er jetzt die raue Stimme jener Frau, die zuvor schon Englisch mit ihm gesprochen hatte. Der Stimme nach schien sie die Ältere zu sein.

John sah im hellen Gegenlicht eine aufrechte, Respekt einflößende Gestalt in der Kammer stehen. Immer deutlicher erkannte er die ebenmäßigen, von feinen Falten durchzogenen Gesichtszüge einer älteren Dame, die besorgt auf ihn herabblickte.

Sie sieht aus wie eine Südländerin, dachte John verwirrt.

Nach wie vor fühlte er sich, als fliege er durch heftige Turbulenzen. Sein Bett schien an Höhe zu verlieren, und die beiden Frauen vor ihm schwebten und schwankten auf seltsame Weise.

»Wir werden Sie in eine Schale aus Gips legen müssen«, sagte die Ältere von beiden energisch.

John lächelte gequält, wagte jedoch nicht, zu widersprechen. Außerdem war ihm schwindelig und ziemlich übel. Er fühlte sich kraftlos und ausgelaugt.

Etwas später fand er sich auf einer engen, harten Unterlage wieder. Seine Beine ruhten, um neunzig Grad angewinkelt, auf der unteren Armlehne der schmalen Holzbank, die ihm von nun an wohl als Bettstatt dienen sollte. Seine Füße waren mit Lederriemen an der Armlehne festgezurrt, und um seinen Hals war ein hartes Kissen gewickelt. Weder konnte er seine Beine noch den Kopf bewegen. Er hätte kaum noch atmen können, wäre da nicht das weit geöffnete Fenster gewesen, durch das ein leichter Windzug hereinblies. Die beiden Damen am Fußende seines Krankenlagers, das einer Art Folterbank glich, sahen mit einer Mischung aus resoluter Fürsorge und offensichtlich überlegter Gefangennahme auf ihn hinab.

»Wenn Sie uns brauchen, rufen Sie einfach«, sagte die energische Dame.

»Wir bleiben in Ihrer Nähe«, sagte die jüngere Frau sanft und lächelte ihm aufmunternd zu.

»Binden Sie doch bitte meine Füße wieder los«, bat John. »Wie finde ich denn zum Bad? Wo könnte ich mir wohl die Hände waschen?«

»Einen Butler können wir leider nicht bieten«, antwortete die Ältere der beiden, und John störte, dass sie dabei etwas ironisch lächelte. »Wenn Sie aufstehen möchten, rufen Sie nach uns. Wir werden Sie ins Bad bringen. Am Ende des Flurs gibt es eine Badestube und ein Wasserklosett. Bald ist aber auch mein Kutscher wieder da. Er wird Ihnen dann bei allem behilflich sein.«

★★★

Nachdem Maschmann zunächst Carl Braack und wenig später seinen Freund Sönke auf Nordstrand abgeliefert und einen prallen Vorratsbeutel nebst einem Sack Kartoffeln unter der Sitzbank verstaut hatte, machte er sich rasch auf den Rückweg.

Bis zur Hochflut würde es noch dauern. In dieser Jahreszeit, zumal bei trockenem Wetter, konnte er auch jetzt noch problemlos zur Hallig hinüberfahren. Den Fahrweg mit den Pricken könnte er ja immer finden, selbst wenn der schon von Wasser bedeckt war.

Bei Sönke oder im Püttenhof zu übernachten und die beiden Frauen der Gefahr auszusetzen, mit dem britischen Piloten allein drüben im Hallighaus zu bleiben, kam für ihn nicht in Betracht.

Nur zu gut erinnerte er sich an den unheilvollen Morgen, der wie der heutige mild und harmlos begonnen hatte. An jenen unseligen Tag, an die furchtbare Nacht, als Meta und er Gräfin Diana auf der Hallig allein zurückgelassen hatten. Von der Warft aus hatte sie ihnen noch eine Zeit lang nachgewinkt. Überzeugt, dass sie beide in wenigen Stunden zurück sein würden.

Acht Jahre war das jetzt her, 1936, fast auf den Tag genau, dass er mit Meta zum Püttenhof aufgebrochen war, um vor den ersten Herbststürmen das Winterfutter für die Tiere zu beschaffen.

Sönke hatte schon auf sie gewartet, als sie am Deich in der Trendermarsch ankamen. Schob seinen Priem von einer Backe in die andere und warnte ihn vor einem Wetterumschwung: Der Wind hat gedreht. Neumond steht bevor! Die Möwen und Wildenten ziehen sich auffällig früh in die Marsch zurück.

Doch niemand, selbst Sönke nicht, hatte damals mit einem derartigen Unwetter gerechnet. Kein Mensch konnte sich hinterher daran erinnern, so früh im Jahr eine solch mächtige Springflut erlebt zu haben.

Es wurde aus heiterem Himmel windig. Maschmann konnte noch das Aufheulen der heftigen Böen hören. Wie sie ganz plötzlich, wie aus dem Nichts, um das reetgedeckte Bauernhaus in der Trendermarsch fegten. Das milchige Licht hinter der finsteren Wolkenbank. Und wie er Meta zurief, wir müssen sofort los! Beeil dich! Ich seh schnell nach, ob alle Fenster dicht sind!

Wie er die Stalltüren windsicher verriegelte, wie Meta atemlos Säcke, Bündel und Kisten auf den Pferdewagen hob, während er in Windeseile die beiden Haflinger anspannte.

Doch am Außendeich grollten schon schwere schwarze Gewitterwolken. Bestürzt beobachteten sie die Wetterwand über der Hallig und das schäumende, gurgelnde Watt. Die schneller und schneller volllaufenden Priele. Die immer höher steigende Flut.

Ihnen war sofort klar: Südfall war längst unerreichbar. Weder zu Fuß noch mit dem Pferdewagen könnten sie jetzt noch hinübergelangen. Stumm blickten sie über das wilde, herantobende Meer und sahen sich zu Tode erschrocken an.

Die Gräfin würde es ohne sie schaffen, versuchte Maschmann Meta zu trösten, die ihn mit Tränen in den Augen fragte, wie die Gräfin denn nun dort drüben, bei diesem Sturm, ganz allein zurechtkommen solle.

Solange der Wind nicht noch mehr zunahm und sich das Meer nicht zu einer richtigen Springflut aufschaukelte, war die Gräfin im Hallighaus sicher, hatte er Meta durch das immer stärker werdende Rauschen und Tosen um sie herum zugerufen. Sie war ja nicht zum ersten Mal bei Sturmflut dort. Sie würde oben in ihrer Stube bleiben und warten, bis der Wind sich gelegt hatte. Dass Neumond bevorstand, behielt er lieber für sich. Er wollte Meta nicht noch mehr Angst einjagen.

Warum nur hatte er selbst nicht rechtzeitig an diesen verfluchten Neumond gedacht? Er hätte die Warnungen seines Freundes Sönke ernst nehmen sollen. Da wäre noch Zeit genug gewesen, mit Pferd und Wagen zur Hallig zurückzufahren.

Tausend Dinge waren ihm durch den Kopf geschossen: die Pferde, die Schafe auf der Hallig, die undichten Dächer über den Ställen. Die Tiere auf den Wiesen würden panisch versuchen, zum Unterstand zu rennen oder in Stall und Scheune zu flüchten.

Am Tag nach dieser mächtigen Springflut hatte er die Gräfin dann gefunden. Stumm, bis auf die Haut durchnässt und am ganzen Körper zitternd saß sie da. Mit geschlossenen Augen lehnte sie an der nassen Wand im Stall zwischen ihren aufgeregt scharrenden Pferden.

Der Anblick der Gräfin, das Chaos um sie herum, fuhr Maschmann in alle Knochen.

Zwar hatten die Außenmauern den Wassermassen standgehalten. Die Pferdekojen aber waren aus den eisernen Verankerungen gerissen.

Zerfetzte Strohballen klebten überall. Die Säcke mit Tierfutter – alles aufgeweicht. Arbeitsgeräte, Handwerkszeug, Brennholz ... Nichts war mehr an seinem Platz.

Noch heute überfiel ihn ein bohrend schlechtes Gewissen, weil er die Gräfin damals allein auf der Hallig zurückgelassen hatte. Selbst heute noch wagte er sich kaum vorzustellen, wie einsam sie sich gefühlt haben musste. Wie sie stundenlang allein gegen meterhoch anbrandende, unerbittlich eindringende Wellen angekämpft hatte.

Bis zur völligen Erschöpfung hatte sie im hüfthohen

Wasser gestanden und ihre verängstigten Tiere beruhigt. Mit einem Durchhaltewillen, der ihm für immer Respekt einflößte.

Wie erleichtert, wie glücklich er damals gewesen war, dass sie die Springflut überlebt hatte. Selbst heute noch spürte er im tiefsten Inneren das schmerzliche Gefühl, das ihn damals durchströmt hatte. Und wie sehr er sich damals wünschte, diese abgekämpfte, mutige Frau in die Arme nehmen zu dürfen.

Doch solch eine Geste hätte ihm selbst in äußerster Not nicht zugestanden. Die Gräfin hätte seinen Trost niemals akzeptiert. Maschmann kannte sie lange und gut genug, um zu wissen, dass es in jenem Moment ein großer Fehler gewesen wäre, sie überhaupt nur anzusprechen. Er wusste, sie hätte sich sofort jedes noch so gut gemeinte Wort, jede noch so vorsichtige Berührung verbeten.

Still hatte sie durch ihn hindurchgesehen, als wäre er aus Glas. An ihm vorbei zu ihren Pferden hinüber. Als seien sie es gewesen, denen sie ihr Leben verdankte.

Nach dieser Nacht saß Diana Stunde um Stunde in ihrer Stube, las oder schrieb, ohne einen Brief oder eine Nachricht auf den Weg bringen zu lassen. Wenn sie zu den Mahlzeiten hinunter in die Küche kam, wirkte sie angestrengt und übernächtigt.

In sich gekehrt lächelte sie ihm und Meta kurz zu und nahm, ohne aufzublicken, nur wenige Bissen zu sich. Zur Mittagsstunde brachte Meta ihr Tee auf die Stube und verließ sie auf Zehenspitzen.

Erst als alle Schäden beseitigt, Ställe, Küche, sämtliche Zimmer und Kammern frisch gestrichen und wieder wohnlich hergerichtet waren und erst nachdem Carl und Käthe Braack der Gräfin einen mehrere Tage andauernden Besuch abgestattet hatten, sprach sie auch wieder mit ihnen. Und dabei wirkte sie, als kehrte sie von einer langen, beschwerlichen Reise zurück.

Maschmann schüttelte sich. Er wollte nicht an diese Zeit zurückdenken. In der Ferne zeichnete sich bereits die Hallig ab.

★★★

Kaum eine halbe Stunde später betrachtete Maschmann den Engländer alles andere als gut gelaunt. Schweigend begutachtete er die verknoteten Lederriemen an dessen Füßen. Der Pilot sah ihn mit seinem intakten Auge ebenso stumm und übellaunig an.

Wie haben die Fruenslüt das denn geschafft, dachte Maschmann. Na ja, geschieht ihm ganz recht. Was hat der hier auch zu suchen. Und reden kann man mit diesem Menschen ja auch nicht.

»Please … Help me«, flehte John Philip heiser. »Bitte binden Sie mich los. Ich muss dringend ins Bad!«

Maschmann stellte überrascht fest, dass der Engländer mit ihm Deutsch sprach.

»Na goot, du bis je keen Peerd«, meinte er schließlich, löste die Lederriemen und packte John Philip an den Oberarmen, um ihm aufzuhelfen.

Kaum war John Philip hinter der Badezimmertür verschwunden, ging Maschmann mit festen Schritten in Richtung Küche.

Jetz sech ik de beeden Fruens erst mol richti Bescheed! Jetz övernehm ik hier dat Kommando, nahm er sich vor.

»Im Augenblick hat der Pilot keine Schmerzen mehr. Ich habe ihm ein paar Tropfen von der Medizin gegeben, die der Doktor mir dagelassen hatte«, begrüßte ihn Gräfin Diana, als er sich zu den beiden Frauen an den Tisch setzte und bevor er überhaupt zu Wort kam.

»War wohl ziemlich stark, die Medizin«, begann Maschmann den Fruenslüt Bescheid zu sagen. »War bestimmt ein ordentliches Stück Arbeit, ihn in die Gipsschale reinzukriegen, ihm den Hals zuzuschnüren und dann auch noch an den Füßen festzuschnallen.«

»Er muss doch ganz ruhig liegen und darf sich überhaupt nicht bewegen«, rechtfertigte sich die Gräfin. »Außerdem war das ganz einfach. Wir waren ja zu zweit.«

»Und wir haben gewartet, bis wir sicher sein konnten, dass er ganz fest schlief«, bekräftigte Meta.

Ich hab ihn jetzt jedenfalls wieder losgebunden«, sagte Maschmann trocken.

»Losgebunden? Wie bitte?«, rief Gräfin Diana entgeistert, sprang auf und sah ihn an, als habe er den Verstand verloren. »Er muss doch still liegen! Er darf jetzt keinesfalls herumlaufen!«

»Wo schall he denn henlopen? We heb Hochflood. He is doch bloß nod Klo hen«, sagte Maschmann. »Außerdem würde ich ihn schon zu fassen kriegen, wenn Sie ihn denn so schrecklich gerne hierbehalten wollen. Käthe Braack hat mir Vorräte mitgegeben, Mettwurst, Brot und Zucker. Sogar ein halbes Pfund Malzkaffee und schwarzen Tee.«

Die Gräfin setzte sich wieder und nahm erfreut ein Päckchen nach dem anderen entgegen, das Maschmann aus seinem Rucksack hervorholte.

»Wie reizend. Ich hoffe, du hast ihr gesagt, dass wir gesund und munter sind, nicht wahr, Meta?«

»Ja, natürlich. Uns fehlt nichts. Uns geht's eigentlich ganz gut«, pflichtete Meta ihr artig bei und dehnte dabei das Wort *eigentlich*. Denn in Wahrheit hatte sie, ebenso wie Maschmann, nicht nur einmal beobachtet, dass die Gräfin in den vergangenen Tagen plötzlich stehen geblieben war und vorsichtig einen Fuß vor den anderen setzte, als bewege sie sich auf schwankendem Boden. Manchmal hörten sie, wie sie dabei leise eine Art Wiegenlied vor sich hin sang. Fast so, als tröstete sie ein Kind, das nicht einschlafen wollte.

Meta hatte sich vorgenommen, Käthe Braack bei Gelegenheit zu fragen, ob es für dieses hin und wieder aus heiterem Himmel auftretende Verhalten Gräfin Dianas eine Erklärung gäbe. Ob es eine gewisse Erschöpftheit bedeuten könnte. Eine harmlose Alterserscheinung vielleicht.

Weder Meta noch Maschmann trauten sich, ihre Arbeitgeberin zu ermahnen, schwere körperliche Arbeit doch ihnen zu überlassen und sich zu schonen. Deren kühle Aussage, sie mögen sich bitte um ihre eigenen Angelegenheiten kümmern, kannten sie nur zu gut. Und diesen Ton handelten sie sich ungern ein.

Als habe sie die Gedanken ihrer beiden besorgten Mitbewohner erraten können, schob Diana ihren Stuhl zurück und erhob sich abrupt. »Ich mache jetzt meinen Abendspaziergang. Etwas essen kann ich hinterher auf Stube.«

Maschmann zuckte unmerklich zusammen, als die Gräfin, gefolgt von Hunter, die Haustür laut und heftig hinter sich zuzog.

Ich kann Pferde, nicht aber Menschen durchschauen, und schon gar nicht die Gräfin, dachte er und überlegte, warum der Doktor ihm vorhin wohl eingeschärft hatte, den Fremden gut im Auge zu behalten.

Bestimmt nicht der bleibenden körperlichen Schäden wegen, die so ein Unfall hinterlassen konnte. Nicht umsonst trug die Gräfin neuerdings ihren Revolver bei sich. Sogar wenn sie auf dem Sofa ruhte, lag die Waffe neben ihr. Geladen womöglich! Die Gestapo würde nicht lange fackeln, wenn sie den Engländer entdeckten. Die würden sie alle sofort einsperren. Ich muss zusehen, dass wir diesen Piloten nicht länger als drei Tage hierbehalten, dachte

Maschmann. Der war ja schlimmer als jede Springflut. Der Teufel sollte ihn holen!

Auf den Inseln war es bisher auszuhalten gewesen. Da war es noch halbwegs erträglich. Aber jetzt ... Jetzt würde alles viel schlimmer mit den Bomben und dem Krieg, hatte Sönke Maschmann vorhin noch gewarnt. »Viel schlimmer noch als in den vergangenen fünf Jahren. Vor zwei Wochen erst haben die Briten halb Kiel in Schutt und Asche bombardiert. Vergiss das nicht!«

★★★

Wieder allein in der Küche, überlegte Meta, wie es sich wohl auf einer so großen Insel wie England leben mochte. In einer Großstadt wie London oder weiter südlich, auf dem Land. In dieser Hügellandschaft, in der es ähnlich wie in der holsteinischen Geest aussah. Zumindest hatte Gräfin Diana ihr diese Landschaft so beschrieben.

Meta war sich nicht sicher, ob sie den Fremden, der so unverhofft vom Himmel gefallen war, als Feind oder als Freund betrachten sollte. Sie fand ihn aufregend. Ob sie ihn wohl ausfragen könnte? Vielleicht hatte er eine Freundin? Schmuck genug war er ja!

Die Gräfin könnte ihm all diese Fragen stellen. Sie sprach Englisch und kannte sich aus in der Welt. Sie war ja schon überall gewesen. In England, Schottland und Dänemark, sogar in Italien und in Frankreich! Meta selbst kannte nur ihr Dorf auf Pellworm und ein paar Nachbarn.

Mit Maschmann war sie einmal mit dem Pferdewagen nach Husum gefahren. Dort hatte sie den Hafen, den Marktplatz, den Tine-Brunnen und den Viehmarkt bestaunt, auf dem Maschmann ein paar Schafe verkaufte. Das düstere Husumer Schloss und den Schlosspark hatte sie nur flüchtig sehen können, Maschmann war sehr schnell daran vorbeigefahren.

Der Schlossherr, hatte er dabei erklärt, der alte Landrat Ernst Christian Graf zu Reventlow, sei mit Diana entfernt verwandt und mit Theodor Storm befreundet gewesen. Und dass dessen Schwester Franziska sehr früh schon von zu Hause ausgebüxt war. Sie hatte sich mit der Familie zerstritten. Sehr eigensinnig und freiheitsliebend sei die gräfliche Deern gewesen, unabhängig wollte sie sein – genau wie die Hallig-Gräfin. Das erzählten sich jedenfalls die Leute in der Umgebung.

Meta wünschte sich manchmal, irgendwann einmal auf Reisen gehen zu können, so wie die Gräfin in ihrer Jugendzeit. Sie sah sich oft die Postkarten an, die Gräfin Diana von ihren Reisen mitgebracht hatte, Bilder von fremden Städten, den Bauwerken und Plätzen, wo man in Cafés sitzen und die vorbeieilenden Menschen beobachten konnte, und stellte sich vor, wie der Pilot ihr seine Heimat zeigen würde.

Aber erst einmal sollte der Fremde ihre Hallig sehen: die Regenpfeifer, die Kiebitze, Strandläufer und Kleipicker. Die riesigen Vogelschwärme im Watt und auf den Halligwiesen, wo die Silbermöwen, die Seeschwalben und Lerchen im Halliggras ihre Nester versteckten. Und sie wollte ihm erklären, dass die Möwen einem in ihrer Brutzeit richtig gefährlich würden, wenn man den Nestern zu nahe kam. Wie blitzschnell sie auf einen herabschießen konnten und wie sehr man sich dann vorsehen musste, dass sie sich nicht in den Haaren verfingen und einem giftig ins Gesicht oder in den Kopf hackten.

Sie würde mit ihm übers Vorland durch den Halligflieder laufen und fragen, warum er Pilot geworden sei. Was eigentlich so herrlich daran wäre, in einer Blechkiste, die jederzeit abstürzen könnte, hoch oben durch die Luft zu fliegen.

Vor lauter Denken und Wünschen bemerkte sie nicht, dass sich die Küchentür langsam öffnete.

»Hello«, sagte John Philip und hielt sich Halt suchend am Türrahmen fest.

Meta zuckte erschrocken zusammen. Fast ließ sie die Teller fallen, die sie gerade wegräumte.

»Wie spät ist es?«, fragte John Philip ebenfalls verschreckt.

»Gleich neun Uhr«, antwortete Meta. »Abends«, fügte sie hinzu, weil ihr Gast offensichtlich bis jetzt geschlafen hatte.

»Ich will nicht stören. Aber gibt es hier ein Telefon oder ein Funkgerät?«

»Wie bitte? Aber nein! Wir haben hier keinen Strom. Nicht mal fließendes Wasser«, stammelte Meta und schob dem Piloten schnell einen Stuhl zu. »Wir haben kein Telefon und auch kein Funkgerät auf der Hallig – ganz bestimmt nicht!« Sie war erstaunt, dass der Pilot so gut Deutsch konnte.

John Philip ließ sich vorsichtig auf der Stuhlkante nieder. »Es ist sehr wichtig. Ich muss noch heute meinen Vorgesetzten benachrichtigen.«

★★★

John Philip fühlte sich wie zerschlagen. Sein Körper schien ihn im Stich zu lassen. Er spürte, dass er noch nicht kräftig genug war, um jetzt schon die Flucht vor fanatischen deutschen Verfolgern zu riskieren.

Wo waren seine Landkarten? Wo seine Tasche? Pass bloß auf, ermahnte er sich gleichzeitig. Die Gastgeberin war sehr entgegenkommend, keine Frage. Aber ob jemand eine üble Person, sogar ein Nazi war, sah man niemandem an. Die Gastfreundschaft dieser Frau, die zudem noch sehr gut Englisch sprach, könnte vorgetäuscht sein, eine clever ausgeklügelte Falle. Wer weiß, wer diese Leute sind. Und wer war dieser angebliche Arzt? Wo kam denn der plötzlich her?

Rötliches Abendlicht spiegelte sich in drei großen Fenstern, und John Philip sah sich in der geräumigen Küche um.

Mit seinem unversehrten Auge betrachtete er den gescheuerten Holztisch, darüber die Petroleumlampe und den Geschirrschrank gegenüber, in dem sich hinter Glas Teller, Tassen und Schüsseln stapelten. Unter einem der Fenster eine ausladende Spüle, zwei Waschschüsseln aus Zink, daneben eine Wasserpumpe.

Er musterte den gusseisernen Herd, in dem ein kleines Feuer brannte, die blank geputzten Messingstangen, auf denen einige Tücher trockneten, und sagte schließlich: »Gemütlich haben Sie's hier.« Wobei es ihm schwerfiel, das Wort *gemütlich* richtig auszusprechen.

»Sie sind bestimmt schrecklich hungrig«, sagte Meta. Nicht sicher, ob sie ihm ohne Erlaubnis der Gräfin etwas von ihren Vorräten anbieten durfte.

»Ein wenig, ja.«

Zögernd holte Meta Brot und ein kleines Stück Mettwurst aus der Speisekammer und stellte beides vor ihn auf den Tisch.

»Delicious«, sagte John Philip gleich nach dem ersten Bissen. »Ich danke Ihnen.«

Meta hob unsicher die Schultern und machte einen Schritt in Richtung Tür.

»Warten Sie«, bat John. »Ich weiß nicht, was ich jetzt machen soll. Hier, bei Ihnen, kann ich keinesfalls bleiben.«

»Das müssen Sie mit Gräfin Diana besprechen. Nicht mit mir. Sie wird Ihnen helfen«, sagte Meta und wandte sich schnell wieder ihrer Arbeit zu.

Schweigend betrachtete John Philip ihre feingliedrigen Hände, denen man Garten- und Feldarbeit nicht ansah. Ihre Hände passen eher zu einer Musikerin – zu einer Pianistin vielleicht. Womöglich hat der Krieg sie auf diese winzige Insel verschlagen, überlegte er und verfolgte interessiert, wie sie verschiedene Zutaten in eine Messingschale füllte und damit begann, alles auf einer eisernen Küchenwaage nach und nach abzuwiegen. Wie sie hin und wieder an den Herd trat, den Deckel von einem leise siedenden Topf hob und darin herumrührte. Ihm schien, diese anmutige junge Frau gehörte nicht hierher. Nicht in diese Einsamkeit mitten im Meer. Nicht in dieses seltsame Haus, in dem sie offenbar einer ebenso seltsamen Adligen namens Diana den Haushalt führte.

»Woher kommen Sie?«, fragte er forsch.

»Ich?«, fragte Meta erstaunt zurück. »Von hier natürlich.«

»Sie sind hier auf dieser kleinen Insel geboren?«

»Nein, auf einer größeren, auf der Nachbarinsel Pellworm.«

»Und warum leben Sie hier?«

»Warum nicht? Wir drei haben genug zu essen und müssen uns nicht fürchten. Höchstens vor Sturm, wenn er die Flut über die Warft bis zum Haus hinauftreibt«, sagte Meta. »Und selbst davor fürchten wir uns nur sehr selten. Wir sind an dieses Leben hier gewöhnt. Hier ist es friedlich und sicher. Keine Sirenen, keine Bomben … Natürlich erreichen uns auch hier schlimme Nachrichten. Sehr selten allerdings.«

Dass sie auf der Hallig, auch ohne Radio und Telefon, sehr wohl im Bilde waren, was auf dem Festland vor sich ging, darüber würde sie kein Wort sagen. Dass verzweifelte Flüchtlinge ihnen von entsetzlichen Dingen berichteten und Gräfin Diana diesen Menschen immer wieder half ... Nein, darüber würde sie niemals mit jemandem sprechen. Und schon gar nicht mit einem Fremden, von dem kein Mensch wusste, was der ausgerechnet bei ihnen zu suchen hatte.

★★★

Wie stets, wenn auf der Hallig etwas ungewöhnlich war, machte Hunter Gräfin Diana durch leises Knurren darauf aufmerksam.

Sie eilte hinunter in die Küche, wo sie die Stimmen Metas und des Piloten gehört hatte, und reichte dem Engländer die Hand.

»Diana von Reventlow-Criminil«, stellte sie sich vor und fragte: »How are you feeling? Geht es Ihnen schon besser?«

»Viel besser, danke Ma'am. John Philip Gunter, Officer«, stellte John sich vor, erstaunt über ihr höfliches Englisch.

»Sind Sie Engländerin?«

»Schottin«, sagte Diana. »Oder besser, halbe Schottin.«

»Sie sprechen sehr gut Englisch – mit einem leichten Akzent. Er ist mir vorhin schon aufgefallen. Ich konnte ihn nur nicht gleich zuordnen«, sagte John. Er versuchte aufzustehen, sank aber gleich zurück auf den Stuhl.

»Bleiben Sie bitte sitzen«, sagte Diana. »Aber sagen Sie: Woher können Sie Deutsch? Mein Hausmeister meinte, Sie hätten ihn verstanden. Und auch mit Meta haben Sie sich anscheinend unterhalten können.«

»Meine Kinderfrau war aus Deutschland«, sagte John, »sie hat es mir beigebracht.«

Diana hatte den Eindruck, dass er die Wahrheit sagte. Und sie kannte sich nur zu gut aus in der Welt, in der Kinderfrauen aus aller Herren Länder kamen und ihren Zöglingen ihre Muttersprache beibrachten. Sie nickte. Die Antwort genügte ihr, fürs Erste zumindest.

Dann fragte er, wann und wo er telefonieren könne.

»Ein Telefon gibt es nur auf Nordstrand«, antwortete die Gräfin. Ob es ihm nun gefiele oder nicht, er müsse auf jeden Fall das Bett hüten, bis der Arzt ihm erlaube, aufzustehen.

Die verdrießliche Miene des Briten verriet Meta alles, was in dem Fremden dabei vor sich ging.

»Morgen werde ich Ihnen vorlesen«, entschied die Hausherrin. »Meta, bitte achte darauf, dass unser Gast sich gleich nach dem Abendessen wieder zur Ruhe begibt. Und wir beide sehen uns morgen früh. Bücher besitzen wir ja reichlich. Gute Nacht, Officer.«

★★★

Mit tiefen Atemzügen sog John Philip die klare Nachtluft ein. Inzwischen war die Sonne am dramatisch verfärbten Horizont blutrot untergegangen. Rötlich-violette Wolkenfetzen schwebten am Himmel, bis es dunkel war und ein Meer von Sternen auf dem stillen, bewegungslosen Wasser zahllos aufblitzende Feuer entfachte.

Wie still es ist. Der Hund schlägt gar nicht an. Er scheint daran gewöhnt zu sein, dass nachts jemand ums Haus geht, dachte John, während er langsam durch den Hausgarten spazierte. Er umrundete die Warft und entdeckte in einem der Nebengebäude Licht.

»Was machst du denn hier?«, hörte er hinter sich plötzlich Maschmanns Stimme. »Um diese Uhrzeit gehörst du ins Bett! Ins Gipsbett, wenn ich dich daran erinnern darf«, grinste er.

John versuchte, dem grellen Licht auszuweichen und sich genauso gelassen zu geben wie sein Gegenüber.

»Wann kannst du mich hier wegbringen?«, fragte er und duzte den Kutscher ebenfalls.

»Wo willst du denn hin, mitten in der Nacht, ohne dein Flugzeug?«

»Irgendwohin, wo es ein Telefon gibt. Ich muss meinen Vorgesetzten anrufen«, antwortete John unbeeindruckt.

»Ja, und?«, lauerte Maschmann, der zwar kein Wort verstanden hatte, nun aber erst einmal vor allem die Sache mit dem Flugzeug klären wollte, das schließlich nach wie vor draußen im Watt im Sand steckte.

»Kannst du mich nicht … mit Pferd und Wagen …«

»Nee, kann ich nicht«, antwortete Maschmann, ohne mit der Wimper zu zucken, weil er sich gut vorstellen konnte, was der Kerl von ihm wollte. John ärgerte sich, zwang sich aber, gelassen zu bleiben.

So ein sturer Hund, fluchte er im Stillen.

»Du kannst mir morgen früh helfen, dein Flugzeug aus dem Watt zu kriegen«, sagte Maschmann etwas freundlicher. »Dir geht es ja anscheinend etwas besser. Wir müssen es auf die Hallig bringen, sonst ist es weg. Die Flut nimmt alles ganz schnell mit.«

John war zwar nicht ganz klar, wie Maschmann die Sache mit dem Flugzeug bewerkstelligen wollte. Außerdem taten ihm bei jedem Schritt die Knochen weh. Weder würde er etwas heben, geschweige denn tragen können. Er musste diesen dickfelligen Kerl aber irgendwie für sich einnehmen, das stand fest. Obwohl er sich alles andere als wohlfühlte in seiner Haut und ihm der Gedanke, dem Deutschen gehorchen zu müssen, zuwider war.

»Um sechs Uhr hol ich dich ab. Und jetzt bring ich dich zum Haus zurück. Sonst kippst du mir hier noch irgendwo um«, sagte Maschmann auf einmal erstaunlich zugewandt.

»Thanks, nicht nötig. My wonderful German Himmelbed is already waiting. Bis morgen früh also, sechs Uhr.«

3. TAG

Wir müssen los«, drängte Maschmann flüsternd, als er frühmorgens an Johns Zimmertür klopfte. »Leise, damit die Gräfin uns nicht hört.«

Wenig später stand John vor Maschmann der neben der Sturzkarre auf ihn wartete.

»Du kannst dich dort hinten draufstellen. Halt dich gut fest. Bis zur Sandbank brauchen wir eine Viertelstunde.«

Maschmann schwang sich auf den zottigen Ackergaul, der vor die Karre gespannt mit demütig gebogenem Hals auf dessen »Hüa!« wartete. Mit einem Ruck bewegte sich das Gespann auf quietschenden Rädern vorwärts. John musste ein Stöhnen unterdrücken. Er wollte sich vor Maschmann keine Blöße geben, musste sich selbst aber eingestehen, dass er eigentlich zu schwach und angeschlagen war für diese Art von Unterfangen. Jede noch so kleine Unebenheit im Boden ließ ihm den Schmerz in die Knochen fahren.

»Woher kannst du eigentlich Deutsch?«, rief Maschmann, ohne sich nach dem Engländer umzudrehen.

»Ich hatte eine Kinderfrau, die Deutsch sprach«, rief John Philip zurück.

Maschmann sagte darauf nichts mehr. Erst als das Flugzeug in Sicht kam, beendete er sein ausführliches Schweigen.

Mit lautem »Brrrrrrr…!« brachte er Pferd und Karre zum Stehen und sprang ab.

Langsam ging er auf den Engländer zu und musterte ihn von oben bis unten.

»Wat du ni sächs ... Wo keem de denn her, dien Kinnerfru?«

»Meine Kinderfrau? Sie war Engländerin. Aber ihre Mutter stammte aus Deutschland. Aus Norddeutschland, um genau zu sein«, sagte John.

»Und woher aus Norddeutschland?«, wollte Maschmann jetzt wissen und beobachtete den Engländer von der Seite. Der Pilot stand auf seinen Stock gestützt und schien über etwas sehr gründlich nachzudenken. Maschmann misstraute ihm mindestens ebenso gründlich.

Wenn der so gut Deutsch versteht, wird der doch etwas vorhaben hier. Der hat doch einen Plan, argwöhnte er und beobachtete dabei eine aufgescheuchte Silbermöwe, die über ihnen herumzeterte und dann im Sturzflug zu ihrem Nest zurückkehrte. Ein britischer Pilot, der Deutsch spricht und bei Hohlebbe direkt vor unserer Hallig landet? Das kann kein Zufall sein. Was sucht der hier? Warum spioniert der hier herum?

»Na gut, denn lass uns man sehn, wie wir deine Maschine wieder flottkriegen«, sagte Maschmann und umrundete das Flugzeug, das die Flut inzwischen um einiges tiefer in den Sand gespült hatte.

»Um das da rauszuziehen, brauchen wir mindestens zwei Pferde. Wahrscheinlich sogar drei. Und Sönke Schmied! Das ist ja klar«, sagte Maschmann schließlich.

Der Engländer humpelt noch gewaltig rum, dachte er nebenher. Und dass so einer – gut zwanzig Jahre jünger als er – natürlich mal wieder zu rein gar nichts zu gebrauchen wäre.

»Du bleibst besser im Bett. Kannst dich ja kaum bewegen. Ich fahr morgen früh gleich rüber zu Sönke nach Nordstrand. Mit dem und mit unseren kräftigsten Pferden zieh ich dein Flugzeug da raus, aus dem Sand. Zum Glück ist das

Flugzeug klein. Im Hangar können wir es bestimmt ganz gut verstecken. Nu man los! Sonst verkühlst dich auch noch. Und das will ja nun wirklich keiner.«

★★★

Meta erwartete die beiden Männer bereits in der Küche am Frühstückstisch.

»Der Briefträger ist da. Oben, bei der Gräfin. Ihr seid doch bestimmt hungrig«, sagte sie, rückte den Brotkorb zurecht und holte rasch zwei Teller mit Spiegeleiern.

»Morgen hast du Sönke auch noch in der Küche sitzen«, sagte Maschmann zu Meta und schob John überraschend kameradschaftlich erst den Brotkorb, dann den Teller mit Spiegeleiern zu.

»So ne Eier gibt's nur bei uns, ganz frisch«, erklärte er stolz. »Direkt vom Hühnerhof der Gräfin.«

»Ach, man hält Hühner?«, spöttelte John und machte sich über das Frühstück her.

»Ist ihre Lieblingsbeschäftigung. Auch wegen der Eier, die Meta ihr jeden Morgen hochbringt: zwei im Glas. Vier Minuten gekocht, mit frischem Schnittlauch aus dem Garten«, antwortete Maschmann lässig.

»Ach wirklich? Hühner sind ihre Lieblingsbeschäftigung?«, grinste John.

»Na ja, neben allen anderen Lieblingsbeschäftigungen. Ist viel Arbeit hier. Die ganze Landwirtschaft, die Pferde und so …«

»Ja, wir haben immer zu tun«, bestätigte Meta und setzte sich zu ihnen. Sie wagte nicht, John direkt anzusehen, und schielte aus den Augenwinkeln zu ihm hinüber.

Wie aufmerksam er dasitzt, dachte sie. Wie Hunter, wenn er Witterung aufnimmt. Ganz anders als die Männer, die sonst hier in der Küche herumhocken und sich lauthals mit Sprüchen und Witzen übertrumpfen. Mit ihm könnte ich mich richtig austauschen. Wir sind ungefähr gleich alt, und mit ihm könnte ich endlich mal über andere Dinge sprechen als übers Wetter. Oder übers Schafescheren und Entenschießen. Mit ihm könnte ich endlich über die Dinge reden, die mir im Kopf rumgehen. Mit denen ich mich am liebsten beschäftige. Könnte doch sein, dass wir uns ganz gut verstehen …

»Was ist mit Ihnen?«, fragte John, als habe er ihre Gedanken erraten. Meta spürte, wie sie errötete.

»Ach, nichts. Wie spät ist es? Ich wollte ja eigentlich … Ich muss noch …«

»Du musst gar nix«, murrte Maschmann. »Setz dich sofort wieder hin! Hoffentlich gibt's morgen wieder genug zu essen. Sönke und ich haben Hunger, wenn wir das Flugzeug bis zur Scheune hochgezogen haben. Das dauert ein paar Stunden.«

»Was wollt ihr? Das Flugzeug auf die Warft ziehen? Das glaub ich jetzt nicht«, sagte Meta. »Wie soll das denn gehn?« Fragend sah sie zu John hinüber.

Der hob die Schultern, fühlte sich aber als Fachmann angesprochen. Gleichzeitig fragte auch er sich, wie es gelingen sollte, sein Flugzeug irgendwo auf der Hallig in einen Hangar zu verfrachten, der in Wahrheit eine alte Scheune war.

»Keine Bange. Wi mokt dat schon«, war Maschmann überzeugt. »Das Flugzeug bleibt ja hier bei uns. Das ist konfisziert.«

»Konfisziert? Von wem denn?«

»Von mir!«

»Darfst du das denn? Das Flugzeug beschlagnahmen?«

»Darf ich«, nickte Maschmann und dachte, sagen kann ich das ja mal.

»Was sagt denn die Gräfin dazu?«, fragte Meta. Ihr gefiel ganz und gar nicht, wie eigenmächtig Maschmann sich auf einmal verhielt. Sonst besprach er doch auch alles mit ihr und der Gräfin.

»Die freut sich, wenn sie wieder ein Flugzeug auf der Hallig hat«, behauptete Maschmann.

»Ist doch kaputt, das Flugzeug«, meinte Meta und sah wieder fragend zu John Philip hinüber.

Der lächelte dünn, öffnete den Mund, um ihr zu antworten, und schwieg dann lieber. Maschmann ließ sich nicht beirren.

»Alle Flugzeuge, die wir hier mal auf der Hallig hatten, waren früher oder später kaputt. Das ist die Gräfin gewohnt. Nur dieses Mal kostet es sie nichts. Dieses Mal bezahlen alles die Engländer.«

»Na, das stellst du dir aber sehr einfach vor«, lachte Meta.

»Die freuen sich doch, dass ihr Flugzeug überhaupt noch da ist. De betoln dat schon«, beharrte Maschmann.

Allmählich dämmerte Meta, was Maschmann umtrieb: wenigstens aus dieser Bruchlandung endlich mal ein Geschäft zu machen. Egal wie, und egal mit wem. Aber ohne dass Gräfin Diana davon wusste? Hinter ihrem Rücken?

»Sie werden doch nicht so leichtsinnig sein und morgen mit den beiden Männern losziehen, um Ihr Flugzeug auf die Hallig zu schaffen! Das müssen Sie vorher unbedingt mit der Gräfin besprechen!«, wandte sie sich daher dem Engländer zu. »Außerdem hatten Sie einen Unfall. Dem Doktor wird's überhaupt nicht gefallen, wie Sie hier andauernd herumlaufen.«

»Sie haben ja recht. Ich werde mich besser ein wenig hinlegen«, sagte John. »Wollte die Gräfin mir heute Morgen nicht vorlesen? Wie's scheint, hat sie mich vergessen?«

Meta errötete wieder. »Gut, dass Sie daran denken! Ich

werde sie sofort daran erinnern«, rief sie erleichtert und wandte sich schnell von ihm ab.

★★★

Kaum hatte John sich in seine Kammer zurückgezogen, sprang Meta die Treppe zur Gräfin hinauf. Vorsichtig klopfte sie an deren Stubentür, wartete aber gar nicht erst ab, bis sie von ihr hereingebeten wurde.

Briefträger Ebsen stand auf der Veranda und hielt offenbar Ausschau nach Maschmann.

»Moin, Lorenz, ich hoffe, der Engländer hat dich vorhin nicht gesehen«, begrüßte Meta ihn aufgeregt.

»Selbst wenn er ihn gesehen hätte ... Das wäre doch nicht weiter schlimm«, meinte die Gräfin. »Was soll der schon damit anfangen, dass ein Briefträger uns die Post auf die Hallig bringt? Er wird sie sicher nicht lesen wollen. Und entziffern könnte er meine Briefe ohnehin nicht.«

»Jau, dat stimmt, dat kann keen Mensch«, grinste Ebsen und kehrte zurück in die Wohnstube. »Ik og ni. Ik hev dat overs og no nie probeert.«

Meta gab ihm einen Klaps auf den Arm und drohte ihm mit dem Zeigefinger.

Tatsächlich fand Ebsen es spannend, dass die Gräfin immer wieder Briefe aus weit entfernten Gegenden bekam. Allein der interessanten Briefmarken wegen. Post aus dem Ausland hatte er ihr früher des Öfteren mitgebracht. Inzwischen waren die ausländischen Briefe an sie allerdings seltener geworden. So ein Brief wie der, den sie jetzt vor sich auf dem Schreibtisch liegen hatte, war inzwischen viel gefährlicher als noch vor ein paar Jahren. Wenn er so einen Brief einfach an sie weitergab – dafür konnte er eingesperrt werden. Nachrichtenverkehr mit dem feindlichen Ausland war schon seit vier Jahren verboten, und zwar strengstens. Stand jedenfalls so in der Reichspostamtsverordnung. Und wenn sie Pech hatten, kam einer der Vorgesetzten vorbei und kontrollierte ihre Poststelle.

Der Brief, den er der Gräfin gestern eigentlich selbst schnell rüberbringen wollte, war denen anscheinend durchgerutscht. Wahrscheinlich hatte der alte Nordstrander Poststellenverwalter aber absichtlich weggeguckt. Der kannte die Hallig-Gräfin ja schon lange und drückte bei ihr gern mal beide Augen zu. Aber manchmal kam dann doch einer vorbei, stand einem auf den Füßen rum und passte auf, ob sie die Verordnungen wirklich einhielten und solche Briefe bei ihm ablieferten.

»Ik kiek denn mol'n beten röver to Knut, de ole Sturkopp, wo de wedder överall rumspeelt«, verkündete Ebsen, und Meta lachte: »Der spielt bestimmt irgendwo im kühlen Schatten rum. Entweder in der Werkstatt oder in der Scheune.« Dabei war ihr nach Lachen ganz und gar nicht zumute. Sie sorgte sich um Gräfin Diana. Dass dieser Brief womöglich wieder einmal schlechte Nachrichten enthielt. Wieder Unruhe ins Haus brachte und für sie alle gefährlich würde.

Der Engländer reichte, der würde ihnen in den nächsten Tagen bestimmt noch Schwierigkeiten genug machen.

Gräfin Diana verfügte über vielfältige Brieffreundschaften, sodass sie bereits vor Kriegsbeginn erfuhr, dass fanatische Nationalsozialisten Synagogen in Brand steckten, auf öffentlichen Plätzen Bücher verbrannten und Künstler ihrer angeblich entarteten Bilder, Schriftsteller und Journalisten ihrer Kritik an Hitlers Machtergreifung wegen verfolgten.

Als dann der Krieg ausbrach, korrespondierte Gräfin Diana mit Freunden und Bekannten nur noch in fremden Sprachen und erhielt, oder verschickte selbst, ausschließlich verschlüsselte Nachrichten. In ihren Briefen bediente sich die Gräfin einer Art Geheimcode, den sie immer wieder veränderte. Sie kürzte Worte ab, benutzte griechische Buchstaben oder wenig geläufige dänische, englische, französische, oft lateinische Ausdrücke. Und dies mit ihrer Handschrift in steilen, gotischen Buchstaben, die nur jemand entziffern konnte, der ihre Art zu schreiben gut und lange kannte.

Sie nutzte sämtliche Kontakte, um von Nationalsozialisten verfolgten Juden zur Flucht zu verhelfen. Mit Maschmanns Hilfe machte sie Krabbenfischer ausfindig, die in der Nordsee zu ihren Fanggründen unterwegs waren und manch einen Flüchtling zur nächsten Insel mitnahmen. Maschmann verhandelte sogar mit dänischen und norwegischen Schmugglern, von denen er wusste, dass sie in ihren Booten heimlich von den Deutschen begehrte, selten gewordene Waren auf die nordfriesischen Inseln schafften.

Meta scheute sich davor, darüber nachzudenken, wie dann, wenn das Wetter günstig und die Flut hoch genug war, die Schmuggler die Flüchtlinge des Nachts bis zur dänischen Küste mitnahmen. Manchmal auch bis in den Norden Jütlands. Oder noch weiter hinauf in die zerklüfteten und unwegsamen norwegischen Fjorde. In der Hoffnung, auf gutwillige Einheimische zu treffen, die den Flüchtenden in kleinen, abgelegenen Gehöften Unterschlupf gewährten, sodass sie sich dort etwas ausruhen und mit etwas Glück ins neutrale Schweden gelangen konnten.

Wenn sie mit Maschmann darüber sprach, ihn warnte, man würde ihn erschießen, wenn die Gestapo ihn erwischte, lachte er sie aus und sagte: »Keine Angst, mich erschießt keiner.«

Dass ihr dieser geheimen Aktivitäten wegen die Todesstrafe drohte, ängstigte auch Gräfin Diana nicht. Letztendlich stamme auch sie von einem furchtlosen Flüchtling ab, hatte sie Meta und Maschmann einmal erklärt. Ihr Großvater, Marquis Le Merchier de Criminil, war während der Französischen Revolution aus Südfrankreich nach Schleswig-Holstein geflüchtet und war damals auf Gut Emkendorf von Gräfin und Graf von Reventlow ohne Zögern aufgenommen worden.

Meta bewunderte die Gräfin. Wie sicher sie sich war, dass niemand es wagen würde, sie zu verhaften. Schon gar nicht der junge Nordstrander Hilfspolizist, den die Gräfin bereits kannte, als der noch mit anderen Kindern im Dorf Verstecken spielte. Und von dem inzwischen jeder wusste, wie kriecherisch er sich der Gestapo andiente.

★★★

Die Mittagsstunde war vorüber, als Meta dem Gast aus England mitteilte, die Hausherrin erwarte ihn in ihrer Wohnstube. Ob er wohl allein die Treppe hinaufsteigen könne?

»Aber ja. Ich halte mich einfach am Geländer fest«, hatte John geantwortet und sich insgeheim ausgemalt, wie er, von Meta behutsam gestützt, die steile Treppe hinaufstieg.

Nach kurzem Anklopfen und einem ebenso kurzen »Ja, bitte!« blieb er wenig später in der Tür zur Wohnstube stehen.

Der Wohnraum war großzügiger, als er vermutet hatte. Vor wandhohen Bücherregalen stand ein bequemes, mit verblichenem Chintz bezogenes Sofa. Offenbar hatte die Gräfin die Mittagsstunde lesend zugebracht. Auf dem Beistelltisch lag ein antiquiert und zerlesen wirkendes Gedichtbändchen: Brontë Sisters: *Poems*. Ein Spiegel mit vergoldetem Rahmen über dem offenen Kamin verlieh dem lichtdurchfluteten Raum etwas Herrschaftliches. Auf dem Kaminsims standen etliche gerahmte Fotografien.

Familienbilder, vermutete John. Gegenüber ein Grammofonschrank mit Handkurbel, auf dem sich Schellackplatten stapelten. Davor etliche Stühle, als seien sie für ein Publikum bestimmt.

Neben der weit geöffneten Fenstertür saß Diana von Reventlow-Criminil an ihrem Schreibtisch vor einem Wandregal mit zahlreichen Lexika unterschiedlicher Sprachen. Erwartungsvoll wandte sie sich ihrem Besucher zu. »Nehmen Sie doch Platz, bitte. Wie geht es Ihnen heute?«

»Viel besser, danke«, antwortete John höflich und setzte sich auf einen der aufgereihten Stühle.

Neben ihrer Vorliebe für Hühner hatte sie offenbar auch eine Leidenschaft für Dichterinnen, für Fremdsprachen und alle möglichen Musikrichtungen.

»Lesen Sie?«

»Wenn ich Zeit dazu habe.«

»Dann sind Sie hier richtig. Wir haben alle Zeit der Welt, um zu lesen und Musik zu hören.«

»Ich möchte nicht unhöflich sein, aber ich habe nicht vor, zu bleiben«, entgegnete John etwas gereizt und überlegte, ob die Gräfin diese Unmenge Bücher wohl gelesen hatte und alle Sprachen beherrschte, die sie mit ihren Wörterbüchern zur Schau stellte.

»Wie lange Sie sich hier aufhalten, werden Sie unserem Doktor überlassen müssen«, erwiderte die Gräfin strikt.

»Immerhin hatten Sie einen schweren Unfall. Nehmen Sie den bitte nicht auf die leichte Schulter.«

John ärgerte sich über den pädagogischen Unterton, ließ sich aber nichts anmerken.

»Man wird mich suchen«, entgegnete er höflich. »Man wird fragen, warum ich mich nicht sofort nach meinem Absturz bei meiner Basis gemeldet habe. Meine Vorgesetzten sollten unbedingt Bescheid wissen. Womöglich hält man mich sonst für tot ... oder schlimmer noch: für einen Deserteur.«

»Wie und wo wollen Sie sich denn melden? Hier auf der Hallig sind Sie von allem abgeschnitten.«

»Ihr Kutscher könnte mich aufs Festland fahren.«

»Und, wie es die Vorschriften verlangen, Sie bei einer, den Briten äußerst freundschaftlich gesonnenen, nazideutschen Behörde abliefern«, vollendete die Gräfin seinen Satz sarkastisch. »Pardon, aber das wird mein Kutscher ganz sicher *nicht* tun«, beharrte sie. »Ich bitte Sie! Es ist überflüssig, auch nur einen Gedanken daran zu verschwenden. Wir werden hier alle beobachtet. Wollen Sie wirklich riskieren, dass man Sie bei uns entdeckt? Das würde weder Ihnen noch uns sonderlich gut bekommen. Das wissen Sie so gut wie ich. Sie bleiben hier. Oder gefällt es Ihnen nicht bei uns?«

»Schon, aber ...«

»In ein paar Tagen sehen wir weiter«, sagte die Gräfin energisch. Sie erhob sich und suchte die Bücherregale ab. »Was lesen Sie denn am liebsten? Romane, Biografien, Gedichte?«

John verspürte keinerlei Lust, etwas von dieser ihn jeglicher Freiheit beraubenden Dame vorgelesen zu bekommen. Dazu noch einer Deutschen. Auch wenn sie angeblich schottische Wurzeln hatte.

»Oh, das hier wird Ihnen ganz sicher gefallen!«, rief sie und zog ein schmales Buch aus dem Regal. »Churchills *My Early Life*. Eine lehrreiche Lektüre für einen jungen Mann wie Sie.«

Diese Frau ist genauso nervtötend wie Mutter, dachte John. Um einem Gespräch über Churchill zu entgehen, begann er konzentriert, die Titel der Schallplatten auf dem Grammofonschrank zu studieren.

»Hören Sie gern Musik?«, fragte die Gräfin.

»Oft und gern. In meiner Kindheit habe ich Querflöte gespielt.«

»Sie spielen nicht mehr?«, die Gräfin schien überrascht. Er konnte es ihr nicht verdenken. Immerhin hatten sie eine silberne Querflöte bei ihm gefunden.

»Nein.«

»The water is wide, I can't cross o'er / And neither I have wings to fly …«, murmelte Diana von Reventlow-Criminil und betrachtete abwesend ihre Handflächen, als suchte sie nach etwas Verlorenem.

John schaute die Gräfin erstaunt an. »Das war eines der ersten Stücke, das ich gelernt habe.«

Er spürte, wie die Gräfin eine Erinnerung, die sie in Unruhe versetzte, zu unterdrücken versuchte.

»Als ich im Watt auf Ihr Flugzeug zuritt, meinte ich so etwas Ähnliches zu hören. Es klang, als spielte jemand auf einer Flöte genau diese Melodie.«

»Ich kann mir kaum vorstellen, dass ich das war«, sagte John.

»Sie haben keinen Hilferuf ausgesandt? Nicht einen Ton auf Ihrer Flöte gespielt?«, fragte Diana. »Vielleicht erinnern Sie sich nicht mehr daran, weil Sie unter Schock standen?«

»An den Aufprall des Flugzeugs erinnere ich mich dunkel, ja, danach aber an nichts. Ich muss sofort bewusstlos gewesen sein. Diese Flöte nehme ich auf meinen Flügen nur noch als Glücksbringer mit«, sagte er zögernd.

»Ich hätte schwören können …«, murmelte die Gräfin und verstummte dann.

»Sie entschuldigen mich«, sagte John in ihr Schweigen hinein und zog sich höflich, das Buch unter den Arm geklemmt, in seine Schlafkammer zurück.

Er legte sich aufs Bett und blätterte lustlos in Winston Churchills Erinnerungen. Nach kurzer Zeit schon langte er neben sich nach der Querflöte und wendete sie dicht vor den Augen hin und her. Er konnte sich kaum daran erinnern, wann er zuletzt auf ihr gespielt hatte.

Er erwachte, als er Frauenstimmen hörte. Gräfin Diana und Meta saßen auf der Bank neben der offenen Haustür und unterhielten sich leise. In seiner Kammer duftete es nach Heu, und irgendwo krähte ein Hahn. In der Ferne lärmten Seevögel.

John schwitzte. Seine Beine und Füße schmerzten, als hätte er einen anstrengenden Fußmarsch hinter sich. Erschöpft richtete er sich auf, setzte sich auf die Bettkante und bewegte vorsichtig Füße und Zehen. Im Traum war er in grellem Licht in einer endlosen Wüste herumgeirrt und hatte verzweifelt nach seinem Flugzeug gesucht. Ohne Wasser, fernab jeglicher Zivilisation. Plötzlich fühlte er sich elend und von allen verlassen.

Im Glas des offenen Fensterflügels spiegelten sich helle Sonnenstrahlen und blendeten ihn. Trotzdem gelang es ihm nicht, festzustellen, ob es Morgen oder Abend war. Vorsichtig öffnete er die Zimmertür. Sie quietschte etwas, sodass Hunter auf ihn aufmerksam wurde und verhalten bellend auf ihn zutapste.

»Psst! Sei still! Lass mich vorbei. Ich habe Durst. Ich muss unbedingt etwas trinken«, flüsterte John und kam sich zugleich kindisch vor, weil er sich einem Hund anvertraute.

Er hörte, wie Meta erfreut ausrief: »Oh, ich glaube, unser Patient ist aufgewacht!«

»Sie sehen schon richtig erholt aus«, begrüßte die Gräfin John wenig später, als er aus dem dunklen Flur auf die beiden Frauen zutrat.

»Sie haben bestimmt Hunger«, meinte Meta.

»Nicht so sehr Hunger, aber Durst«, antwortete John.

»Du meine Güte, natürlich! Unser Nachmittagstee ist noch warm. Ich bin gleich wieder da«, lächelte Meta und verschwand in der Küche.

»Machen Sie sich keine Mühe. Ich kann Wasser trinken«, rief er ihr nach, obwohl ihm der Eifer der jungen Frau gefiel.

»Setzen Sie sich doch zu uns«, bat ihn die Gräfin mit einladender Geste.

John wunderte sich, wie gelöst, ja heiter die Gräfin auf einmal war. Ganz anders als vorhin. Er witterte seine Chance und sagte vorsichtig: »Wissen Sie, es wäre wirklich gut, wenn ich mich endlich bei meinen Vorgesetzten melden könnte.«

»Ich habe Ihnen doch vorhin schon erklärt: Dass *Sie* sich melden, mein Lieber, ist völlig ausgeschlossen«, erwiderte die Gräfin. »Noch weiß außer uns drei Halligbewohnern, Sönke Schmied, dem Briefträger und den beiden Braacks kein Mensch, dass Sie hier gestrandet sind. Sie müssen sich wirklich noch etwas gedulden. Eine für uns alle akzeptable Lösung wird sich ganz sicher bald finden. Das verspreche ich Ihnen.«

★★★

Das Abendessen fand im Esszimmer statt und nicht wie an den vergangenen beiden Abenden in der Küche oder am Holztisch neben der Haustür.

John und Kutscher Maschmann warteten in dem mit einem langen, schmalen Tisch und einem Dutzend Stühle möblierten, ansonsten leeren Raum auf das Erscheinen der Hausherrin.

Es war Punkt sieben Uhr, als die Gräfin eintrat. Sie trug ein dunkles, matt glänzendes Kleid von altmodischer Eleganz, dazu eine flatternden Fahnen gleichende seidene

Stola um die Schultern, die ihren dezenten Ausschnitt bedeckte.

Ein extravaganter Auftritt, dachte John überrascht. Unwillkürlich nahm er Haltung an, als begegnete er einem mit Orden geschmückten Vorgesetzten. Er salutierte zackig und fand sein Verhalten sofort peinlich. Was gab es denn hier schon zu feiern. Die Feindschaft ihrer Länder etwa? Dass es ihnen gelungen war, ihn bereits drei Tage auf dieser Hallig festzuhalten?

★★★

»Setzen Sie sich doch bitte«, forderte die Gräfin die beiden Männer auf und ließ sich aufrecht am Kopfende des Esstisches nieder, wobei ihr die Stola von den Schultern glitt. John hob sie auf und reichte sie ihr mit einer flüchtig angedeuteten Verbeugung, die sie mit kaum wahrnehmbarem Lächeln zur Kenntnis nahm.

Trotz ihrer Aufforderung, sich zu setzen, blieb er hinter seinem Stuhl stehen.

Die Gräfin senkte den Kopf und lächelte nochmals kaum merklich, während sie den dünnen Stoff langsam zusammenfaltete.

In jüngeren Jahren musste sie eine bemerkenswerte Erscheinung gewesen sein, dachte John. Warum nur hatte sie sich für dieses einfache, unwirtliche Leben entschieden?

Maschmann hatte sich derweil am unteren Ende niedergelassen. Gegenüber der Gräfin und aufgrund der Länge des Tisches von ihr auf seltsame Weise entfernt. Er legte die Hände auf die Knie und beäugte eine Glasschale mit einer milchigen Soße, in der zwischen Apfelstücken und reichlich Zwiebeln ein paar Heringe eingelegt waren.

John blieb hinter seinem Stuhl stehen und wartete, bis

Meta ins Esszimmer trat. Sie trug eine Schüssel mit dampfenden Kartoffeln auf, und auch sie hatte sich umgezogen. Sie trug ein hellgrünes, sommerliches Kleid mit weißem Kragen, das ihre fließenden Bewegungen unterstrich und sie noch anmutiger aussehen ließ.

Wie auf Befehl setzten sie sich beide gleichzeitig und sahen sich an. John wünschte sich, Meta würde wieder aufstehen und nochmals zwischen Küche und Esszimmer hin- und hergehen.

Sie schien schüchtern, ganz ohne Arg zu sein, und von entwaffnender Wahrhaftigkeit. Einer besonderen Art von Unbefangenheit, die er bei jungen Frauen der Londoner Gesellschaft oft vermisst hatte.

Für einen kurzen Moment dachte John an die Möglichkeit einer unverbindlichen Liebesnacht. Warum eigentlich nicht? In diesem Haus schienen ohnehin ganz eigene Regeln zu gelten. Sofort aber fing er sich wieder und erinnerte sich daran, dass er sich noch immer im Haus einer Deutschen aufhielt. In einem Haus des Feindes also.

Er merkte, dass Meta ihn beobachtete. Verlegen strich er sich eine Haarsträhne aus der Stirn. Meta rückte ihren Stuhl zurecht und lächelte ihn zaghaft an.

Ob sie ihn etwa durchschaut hatte? John erwiderte ihr Lächeln vorsichtshalber nicht. Stattdessen betrachtete er den Kristallleuchter an der Decke, zählte die heruntergebrannten Kerzen und wunderte sich über die karge Einrichtung des Zimmers: die kahlen kalkweißen Wände, das dunkle Holz des langen Esstisches, die zahlreichen Stühle mit hohen Rückenlehnen, die seltsam unbequem wirkten.

»Die Möbel sind unverwüstlich. Bisher haben sie jede Sturmflut überstanden. Ich habe sie aus dem Preetzer Konvikt mitgebracht«, sagte die Gräfin, als sei nun sie an der

Reihe, wiederum seine Gedanken zu lesen. John wurde das Ganze unbehaglich.

»Dieses Zimmer liegt etwas tiefer als das restliche Erdgeschoss und ist deshalb kühler, leider immer ein wenig feuchter als alle anderen Räume des Hauses. Bei Land unter überschwemmt dieser als Erster und muss jedes Mal neu gestrichen werden.«

»Sie haben mal in einem Kloster gelebt?«

»In gewisser Weise ja«, bestätigte sie. »Ich habe einige Monate in einem protestantischen Damenstift zugebracht. Aber es war mir unmöglich, dort mein Leben zu verbringen. Ein Gelübde abzulegen, das mich zu lebenslangem Gehorsam verpflichtet hätte? Nein! Zu so viel Demut war ich dann doch nicht bereit.«

Die darauffolgende Stille wurde mit dem Herumreichen der Kartoffelschüssel überbrückt.

»Sie müssen unbedingt diesen Wein probieren«, beendete die Gräfin das Schweigen. »Maschmann hat ein ganzes Fass voll am Strand gefunden.« Aus einem Kristallkrug füllte sie die Weingläser. »Stoßen wir an. Worauf wollen wir trinken?«

»Auf den Sommer, vielleicht«, schlug Meta vor und sah fragend zu John hinüber.

»Auf die Sandbank«, schlug John vor. »Sie hat mich schließlich gerettet.«

»Gerettet haben wir Sie«, sagte die Gräfin und nickte Maschmann zu. »Und Hunter natürlich. Er hat Sie als Erster da draußen gehört.«

Maschmann hob sein Glas und murmelte: »Dat mach's wol luut seggn.«

John fand, der Wein schmeckte überraschend süß und trotz herber Note ziemlich salzig. »Ist das Sherry?«, fragte er.

Die Gräfin schien seine Frage zu überhören. Vorsichtig legte sie zwei Kartoffeln mit etwas Heringssoße auf ihren

Teller und begann langsam, Bissen für Bissen zu essen. Währenddessen erzählte sie von ihrem früheren Leben auf Gut Emkendorf und betonte dabei, wie sehr sie doch nach wie vor mit England verbunden sei. John beschlich das Gefühl, diese Verbundenheit gelte nur ihm.

»Die Angestellten meines Bruders kamen aus verschiedenen Gegenden Englands, und sie alle lebten mit ihm in Deutschland.« Wie überhaupt der ganze Hausstand mitgekommen sei, auch alle Tiere. Und wie herrlich es gewesen sei, mit den englischen Reitpferden zu jeder Jahreszeit durch Wiesen und Wälder zu streifen.

John sah verstohlen zu Meta hinüber. Sie hielt die Arme an ihren Körper gepresst, während sie versuchte, mit dem Messer eine zerteilte Kartoffel auf ihre Gabel zu schieben. Maschmann hatte sich zum zweiten Mal bereits nachgenommen und beobachtete John und Meta sehr genau.

Inzwischen berichtete die Gräfin von englischen weißbraunen Hennen in weitläufigen Gehegen, von frischen Eiern zum englischen Frühstück, von frei laufenden Enten und Puten, selbstverständlich alle aus englischer Zucht, darüber hinaus von einem stolzen Pfau, ebenfalls aus englischer Hofhaltung.

Maschmann fühlte sich aufgerufen mitzuteilen, dass es auch auf der Geest Möweneier gebe, genau wie auf der Hallig.

»Ich bitte dich, Maschmann«, entrüstete sich die Gräfin. »Auf der Geest gibt's Störche. Möwen sind dort selten.«

»Vielleicht klären wir jetzt erst mal die Sache mit dem Flugzeug«, sagte John, dem die englische Hühnerhaltung herzlich gleichgültig war.

»Das Flugzeug ist morgen Mittag hier. Kannst dich drauf verlassen. Weg kommst du damit aber nicht. Das ist ja klar«, sagte Maschmann ungnädig.

»Ich muss morgen früh wirklich –«, nahm John einen weiteren Anlauf, wurde von Maschmann aber sofort unterbrochen: »Morgen früh? Auf gar keinen Fall.«

»Ich habe Ihnen nun doch schon mehrfach gesagt ...!«, rief nun auch Gräfin Diana erregt und ließ klirrend das Besteck auf den Teller fallen.

»Sie müssen wirklich hierbleiben«, versuchte Meta John zu überzeugen, wobei sie ihm tief in die Augen sah. »Ein paar Tage vielleicht noch. Drei oder vier.«

»Nun gut, zwei, drei Tage«, gab er nach. Er verstand, dass sie ihn hier weiterhin beherbergen, womöglich sogar beschützen wollten. Doch was, wenn das nicht der Fall war?

»Erzählen Sie doch noch ein wenig von Emkendorf«, schlug Meta der Gräfin mit heller Stimme vor. Auch John nickte der Gastgeberin höflich zu und hoffte, dass ihm seine innere Stimme nicht anzusehen war, die »bitte nicht« dachte.

»Das holsteinische und südenglische Klima unterscheidet sich ja kaum«, sagte die Gräfin.

»Eben, genau«, murmelte Maschmann, obwohl ihm das völlig egal war.

»Mein Bruder und seine Frau luden zu *House & Garden* Partys« ein, wir tanzten im großen Ballsaal ... Und mein Gott, die wunderbaren Hausmusikabende! Oft sangen und spielten sie uns Arien aus italienischen Opern vor. Sie waren ganz entzückende Gastgeber«, schwärmte die Gräfin.

Die drei Zuhörer nickten zerstreut. John vermutete, dass jeder sich in Gedanken irgendwo anders aufhielt. Er etwa in einer roten Telefonzelle, die es doch irgendwo in dieser verdammten Gegend geben müsste!

»Und ich«, erinnerte sich Gräfin Diana, »ich studierte mit den Kindern kleine Dramolette ein, die wir auf der Bühne des Ballsaals aufführten. Die Zuschauer klatschten danach lange und gerührt Beifall. Eine wundervolle Zeit.«

Schließlich verstummte sie, ließ ihre Hände neben den Teller sinken und bewegte ihre Finger, als spielte sie Klavier. Auch John und Maschmann schwiegen, und Meta trug den Nachtisch auf.

»Rote Grütze. Die Beeren sind aus dem Garten«, verkündete sie an John gewandt mit vorsichtigem, bezauberndem Lächeln. »Leider ohne Vanillesoße.«

Etwas Bestimmtes lag in ihrem Blick, oder bildete John es sich ein? Versuchte sie etwa, ihn zu verführen? Der Gedanke hatte, trotz oder vielleicht wegen der Gefahr, durchaus seinen Reiz.

»Die Einheimischen rächten sich natürlich«, erzählte Diana weiter, »weil mein Bruder sich den Luxus erlaubt hatte, ausgefallene Spezialitäten aus dem Londoner Kaufhaus Fortnum & Mason herbeischaffen zu lassen – John, das kennen Sie doch sicher? –, statt den Bauern und Ladenbesitzern der umliegenden Ortschaften etwas abzukaufen. Der Unmut darüber wuchs, und die kleinen Geschäftsleute, sogar die aus Emkendorf, die unserer Familie eigentlich wohlgesonnen waren, bezichtigten meinen Bruder und meine Schwägerin plötzlich der Spionage. Sie behaupteten tatsächlich, die beiden würden des Nachts Lampen in die Fenster des Schlosses stellen, um Kampfflugzeuge der Engländer auf den nahen Kaiser-Wilhelm-Kanal aufmerksam zu machen. Und wenn so ein Gerücht erst einmal im Umlauf ist …«

»Angst vor dem Feind beflügelt die Fantasie«, meinte John daraufhin und fragte sich, wer wem eigentlich weniger geheuer war – er den drei Halligbewohnern oder war es umgekehrt?

Maschmann lehnte sich lässig auf seinem Stuhl zurück. »Sprichst du von Spionage? Heutzutage nennt man das Aufklären!«

»Ach, lassen wir das«, sagte die Gräfin und wedelte mit beiden Händen, als wollte sie lästige Insekten vertreiben.

»Ik schall denn ok ers mol wedder los«, erklärte Maschmann und schob energisch seinen Stuhl zurück.

»Wie – warum gehst du denn jetzt schon?«, fragte Meta.

»Ich muss um vier Uhr hoch«, antwortete Maschmann und stellte den Stuhl mit Nachdruck zurück an seinen Platz.

»So früh? Wirklich?« Die Stimme der Gräfin klang heiser. Ihr Kinn bebte ein wenig.

Bevor er hinausging, legte er die Hand auf Metas Schulter. »Danke og, mien Deern. Häs du good mogt. Hät aans good schmeckt.«

Maschmanns Geste störte John. Etwas Forderndes, Besitzergreifendes lag darin, das er dem Kutscher nicht zugestehen mochte.

***

Meta räumte den Tisch ab und begann, in der Küche das Geschirr abzuwaschen.

Die Küchentür stand offen, und John konnte ihr vom Esszimmer aus zusehen, wie sie sich auf die Zehenspitzen stellte, um Teller und Schüsseln in den Schrank zu stapeln.

Über ihrem Kleid trug sie jetzt eine Schürze. Deren Bänder bewegten sich bei jeder Bewegung ihres schmalen Rückens.

John stellte sich vor, wie er sich hinter sie stellte, die Schleife aufzog, ihr die Schürze abnahm und seine Hände über den dünnen Stoff ihres Kleides und ihren schlanken Körper gleiten ließ. Und wie Meta sich dann genussvoll zu ihm herumdrehen und sie sich leidenschaftlich küssen würden.

»Wir beide können noch ein wenig sitzen bleiben«, unterbrach die Gräfin seine Gedanken. »Maschmann kümmert sich heute Abend allein um die Tiere.«

Nachdenklich musterte sie ihren Gast. »Wir trinken etwas anderes, wenn Ihnen der Sherry nicht schmeckt«, entschied sie. »Eistee vielleicht, oder möchten Sie einen Rum?«

»Ist es unbescheiden, wenn ich beides trinken möchte?«

John versuchte, höflich zu bleiben, obwohl es ihm schwerfiel. Ohne Meta und den Kutscher fühlte er sich in Gegenwart der Gräfin äußerst unwohl und allein gelassen. Weder wollte er eiskalten Tee trinken noch irgendwelchen salzig schmeckenden Rum.

Voller Unruhe fragte er sich, warum die Hausherrin mit ihm allein sein wollte. Hatte sie Auskünfte über ihn eingeholt? Mit wem stand sie in Verbindung? War ihre unbestechlich wirkende Art eine gekonnte Fassade? Was für ein doppeltes Spiel wurde hier gespielt? Womöglich war die vermeintlich sichere Hallig nur ein gekonnter Hinterhalt. Um ihn am Ende zu verraten und den Nazis auszuliefern.

»Sehen Sie doch! Dieser Himmel ... Was für ein umwerfendes Naturgemälde! Dieses Licht! Wie kunstvoll die aufgetürmten Wolken sind ...«, unterbrach die Gräfin Johns Gedankenkarussell. Sie erhob sich und ging zu den offen stehenden Fenstern, die im Licht des Sonnenuntergangs schwärzlich-dunkelrot glänzten.

»Sommerblitze! Wetterleuchten! Gut, gut. Leider wird das Gewitter nicht bis zu uns herüberziehen. Vielleicht kühlt es trotzdem ein wenig ab. Es ist recht schwül, finden Sie nicht?«

»Es geht«, antwortete John so höflich, wie es ihm noch möglich war. In Wahrheit glaubte er, in der feuchtwarmen Luft ersticken zu müssen.

Diana holte tief Luft und atmete heftig aus und ein. Erregt beobachtete sie dabei etliche Blitze, die über dem rot glänzenden Meer in kurzen Abständen aufflammten.

Nur zu gern hätte John sich ebenfalls ans offene Fenster gestellt, um kräftig durchzuatmen und einen klaren Kopf zu bekommen. Nervös rutschte er auf seinem Stuhl hin und her. Meta balancierte zwei leere tulpenförmige Gläser auf einem Tablett herein. Daneben zwei kelchförmige Gläser, gefüllt mit grünlich schimmerndem Eistee.

Als sie das Tablett auf dem Tisch absetzte, dankte er ihr mit einem tiefen Blick, doch sie verschwand rasch wieder in der Küche. Kurz darauf kam sie mit einer Flasche Rum zurück.

»Sehr hübsch«, sagte John. »Ich meine, die Flasche, das Etikett.«

Meta drehte sich wortlos um, wischte beide Hände an ihrer Schürze ab, als seien sie beschmutzt, strich sich energisch über die Hüften und warf mit Schwung ihr Haar zurück.

Lauter als notwendig zog sie die Küchentür hinter sich zu, und John grübelte ohne irgendein brauchbares Ergebnis, womit er sie gekränkt haben könnte. Er studierte das Etikett auf der Rumflasche. Inzwischen war es fast dunkel. Den Markennamen in goldfarbenen Schnörkeln konnte er kaum noch entziffern.

»Dieser Rum geht auf die Geschäftsbeziehungen meines Urgroßvaters mit Spirituosenhändlern in Flensburg zurück«, erklärte die Gräfin mit sanfter Stimme, erfreut über Johns scheinbares Interesse. Sie setzte sich wieder zu ihm an den Tisch und begann, von einem ihrer Vorfahren zu berichten.

»Zu Beginn des achtzehnten Jahrhunderts zählte er zu einem der reichsten Männer Europas. Zu seinem Besitz von mehr als einer Million Talern kamen weitere riesige Summen, die er mit lukrativem Überseehandel verdiente …«

John ahnte, dass eine weitere langwierige Geschichte bevorstand. Wann würden sie endlich zur Sache kommen? Es gelang ihm nicht, sich auf ihre Erzählungen zu konzentrieren, obwohl immer wieder Wortfetzen zu ihm durchdrangen, die auf durchaus interessante Hintergründe schließen ließen: Karibik … Baumwoll- und Zuckerrohrplantagen … ungeheuerliche Reichtümer … großzügige Mäzene … skrupellose Plantagenbesitzer …

»Interessiert Sie das alles überhaupt?«

John fühlte sich durch ihr plötzliches Nachfragen ertappt. »Doch, selbstverständlich, aber ja!«, beeilte er sich zu antworten.

»Cheers, auf Ihre Gesundheit«, sagte Gräfin Diana mit seltsam rauer Stimme.

»Cheers«, murmelte John und stürzte den starken, süßlich schmeckenden Rum in einem Zug hinunter.

»Nicht wahr, er ist sehr gut, dieser Rum. Ein älterer Jahrgang eben«, lächelte Diana hintergründig.

John schob sein leeres Glas über den Tisch hinweg in ihre Richtung.

»Aber Sie haben recht«, sagte Diana nun. »Warum sollten Sie sich mit längst vergangenen Geschichten beschäftigen, wenn uns die Gegenwart genügend grausamen Stoff liefert.«

Er nickte zustimmend und schob sein Glas gleich wieder Richtung Flasche.

»Bedienen Sie sich einfach. Trinken Sie ruhig, so viel Sie möchten«, ermunterte ihn seine Gastgeberin, wurde aber gleich wieder ernst. »Ich glaube an Churchill. Er ist auf bestem Wege, diesen unsäglichen Krieg zu beenden.«

John musterte sie misstrauisch. Hatte sie endlich ihre Falle aufgestellt? Er musste auf der Hut bleiben. »Wie … informieren Sie sich denn? Sie sind doch hier von der Außenwelt völlig abgeschnitten.«

»Meine Funkgeräte sind einheimische Fischer und nordische Schmuggler«, lachte die Gräfin auf. »Auch Sie werden diese Leute noch schätzen lernen.«

»Wie ... darf ich das verstehen?«

»Ach, ich denke, wir sollten allmählich schlafen gehen«, wich Diana aus. »Heute war ein langer Tag. Und Sie müssen sich erholen. Sonst macht uns der Doktor noch Schwierigkeiten, weil wir nicht auf Sie aufgepasst haben.«

Sie erhob sich, ordnete ihr Kleid und legte fröstelnd den seidenen Schal um die Schultern.

John erhob sich ebenfalls, und die Gräfin hielt ihm ihren Handrücken entgegen. Nach einem flüchtig angedeuteten Kuss entzog sie ihm die Hand jedoch ruckartig.

»Ich danke Ihnen. Für alles«, murmelte John. Er merkte, dass er angetrunken war. Er sah sie an und schwieg. Diana wich seinem Blick aus. In ihren Augen meinte er, Tränen schimmern zu sehen.

»Der Rum ist sehr stark. Nach dem nächsten Glas werden Sie's merken«, warnte Diana. »Seien Sie also vorsichtig.«

John spürte, dass sie etwas anderes sagen, ihn womöglich vor etwas Gefährlichem warnen wollte. Sich aber scheute, es auszusprechen.

»Keine Sorge, ich vertrage einiges. Ich muss ja nicht fliegen.«

»Sie werden fliegen, mein Freund, dessen bin ich mir sicher. Die Frage ist nur, wann und wohin«, entgegnete Diana rau und wandte sich rasch von ihm ab.

★★★

Kurz darauf setzte die Gräfin sich in ihrer Stube an den Schreibtisch. Fahrig suchte sie nach Streichhölzern, um eine der Petroleumlampen anzuzünden.

Die Fenstertüren zur Veranda standen weit offen. In der Ferne grollte es, und kurze, heftige Windstöße fegten übers Meer. Wie schlecht vertäute Schiffe dümpelten Wolkenbänke über dem Horizont. Weit draußen über der Nordsee ging ein Gewitter nieder.

Hunter hatte sich vor der Tür zu Dianas angrenzendem Schlafzimmer ausgestreckt. Den Kopf auf den Vorderpfoten, folgte er jeder Bewegung seiner Herrin.

Der Abend zu Ehren ihres fremden Gastes war völlig anders verlaufen, als sie es sich vorgestellt hatte, dachte sie aufgewühlt. Sie stand auf und trug die Lampe vom Schreibtisch hinüber zum Kaminsims. Im Halbdunkel betrachtete sie im Spiegel ihr trauerndes Gesicht.

Sie spürte noch so viel Jugend in sich. In Wahrheit war sie alt, alt, alt … Warum hatte sie ihn vorhin, als die Gelegenheit günstig und sie mit dem Engländer allein war, nicht einfach gefragt? Er war Pilot in einem gnadenlos zerstörerischen Krieg. Vielleicht hätte er sich ihr anvertraut? Ihr gestanden, dass er das kleine Flugzeug selbst zum Absturz gebracht hatte?

Das ist doch absurd! Warum hätte er das tun sollen? Diana lachte kurz und trocken auf. Weil sie sich wünschte, ihm schon viel früher begegnet zu sein?

Was hatte sie sich von diesem Abend erhofft? Die Zeit zurückdrehen zu können?

Sie schloss die Augen und rieb ihre Schläfen, um einen stechenden Schmerz zu lindern. Im matten Licht der Petroleumlampe strich Diana sich übers Haar. Sie ordnete die grauen Strähnen, die sich unter den Kämmen gelöst hatten und nun ihr wahres Alter verrieten.

Die Blicke, die Meta und John verstohlen ausgetauscht hatten, waren ihr nicht entgangen.

Beneidete sie Meta um ihre jugendliche Schönheit? Sehnte sie sich danach, wieder jung und begehrenswert zu sein? So wie damals, als zahlreiche Verehrer sie umschwärmten? Damals hatte sie sich darin gefallen, sich hochmütig, geradezu verächtlich, von jedem ihrer Bewunderer abzuwenden. Unangreifbar, selbstbeherrscht und unabhängig wollte sie sein. Sich niemals einem Ehemann zu unterwerfen, schwor sie sich.

Der junge Engländer ... warum brachen in ihr plötzlich all diese Gefühle auf?

Ihre Gedanken kehrten zurück zu ihrer ersten Begegnung. Zurück zum schimmernden Hitzedunst über dem Horizont. Zu den Trugbildern, den Luftspiegelungen im silbrig glänzenden Watt.

Nur zögernd mochte sie sich an das uralte schottische Lied erinnern, das sie in jenem Augenblick angeweht hatte:

The water is wide, I can't cross o'er
And neither I have wings to fly
Give me a boat carry two
And both shall row, my love and I
Love is gentle, love is kind
The sweetest flower when first it blooms
But love grows old and waxes cold
And fades away like morning dew.

Im matten Licht der Petroleumlampe näherte sie sich wieder ihrem Gesicht. Sie betrachtete ihre Stirn, die edel gebogene Nase, sah die Trauer in ihren Augen, die sich wie ein dunkler Schatten über die Schönheit ihrer Jugend gelegt hatte, und sagte leise: zu spät.

Love grows old ... and waxes cold ... and fades away
like morning dew.

4. TAG

Mit dem einspännigen Pferdekarren voller Werkzeug, gezogen vom kräftigsten Arbeitspferd, das Maschmann im Stall hatte, dauerte es an diesem Morgen vom Nordstrander Westen bis zur Sandbank länger als sonst. Die Haflinger Liese und Lotte waren hinten an den Karren gebunden und trotteten brav hinter ihm und Sönke Schmied her.

Unterwegs überlegten die beiden Männer, wie viel Zeit sie wohl brauchen würden, das Flugzeug übers Watt und übers Vorland der Hallig bis hinauf auf die Warft und in die große Scheune zu ziehen. Wobei Maschmann bezweifelte, dass es überhaupt möglich war.

»Wir schaffen das schon«, meinte Sönke zuversichtlich, wobei er, am Flugzeug angelangt, sich dessen nicht mehr so sicher war.

»Düvel ok. Hoffentli kriegn wi de Vogel hier ruut«, meinte er, als er die Taylorcraft begutachtete, deren Bugräder die Flut inzwischen noch tiefer in den Sand gespült hatte.

Maschmann nickte missmutig, kramte nach Werkzeug und warf es seinem Freund vom Karren herunter zu.

Nach schweißtreibendem Schaufeln, Ziehen und Rucken, nach Flüchen, wie nur das Plattdeutsche sie hergab, schafften sie es, das Flugzeug aufzurichten. Als sei nichts gewesen, stand es schließlich vor ihnen. Ein wenig schief und voller Sand.

Sönke schlug Maschmann auf die Schulter. »Süht ut wie neu. Frisch lackiert und geputzt … Un jetz?«

»Jetz trecken wi dat Ding rop op de Warf.« Maschmann wischte sich mit dem Ärmel den Schweiß von der Stirn.

»Na gut, wenn du meens«, sagte Sönke, spuckte in die Hände und warf mit Schwung eins der Seile übers Cockpit. Ein zweites warf er über den Rumpf des Flugzeugs, verknotete beide Seile mit Ketten und Haken an einem schweren Pflugbalken und spannte die beiden Haflinger davor. Maschmann schabte mit einem eisernen Stelzpflug flache Furchen in den Wattboden. Schnell breitete er darauf Bretter und Säcke aus, bevor die mühsam gespurten Pfade wieder matschig werden konnten.

»Jetz wiest jem mol, wat jem aans könnt! Los! Trecken, trecken!«, brüllte Maschmann.

Die Haflinger schnaubten, knirschten mit den Trensen, rissen an den Leinen und stemmten ihre zottigen Hufe in den Schlick. Ruckartig bewegte sich das Flugzeug hinter dem Pflugbalken Meter für Meter vorwärts.

»Hev ik di doch glieks secht, dat geit!«, rief Sönke begeistert und stolz darauf, das Flugzeug auf dieselbe Art zu retten, mit der sie bereits manch andere Last aus dem Schlick gezogen hatten.

Zufrieden sammelte Maschmann Bretter und Säcke ein, warf sie auf seine Holzkarre und hockte sich dort auf den Bretterboden. Gut gelaunt mit den Beinen baumelnd, ließ er sein Pferd gemächlich neben Sönke hertrotten.

Irgendwann rief Sönke über den Pflugbalken hinweg zu Maschmann hinüber: »Über euch wird übrigens mal wieder geschnackt.«

»Über uns auf der Hallig? Was gibt's denn da zu schnacken?«, rief Maschmann zurück.

»Ich bin gefragt worden. Ob ich was gesehen hätte.«

»Wer fragt dich denn so was?«

»Der Schnüffler.«

»Welcher denn? Die schnüffeln doch alle.«

»Na ja ... der jetzt bei der Gestapo ist. Der hat gefragt, ob ihr da drüben Besuch habt.«

»Was für'n Besuch denn?« Maschmann wurde es ungemütlich. Dieser Döskopp von Polizist soll hier bloß nicht noch mal auftauchen, dachte er grimmig.

»Du weißt ja, dass die Gräfin den Kerl nicht abkann«, rief er Sönke zu.

»Wet ik doch längs. Dat muss du mi ni seggn«, lachte der.

»Der ist ja mal bei uns aufgetaucht, da war es schon dunkel«, sagte Maschmann und lachte ebenfalls.

»Dat is doch klor. So een kümmt bloß, wenn dat richti düster is. So sin di doch alle.«

»Der Doktor hatte uns zum Glück gewarnt,dass da was in der Luft liegt. Dieser Dösbaddel von Hilfspolizist lungerte dauernd bei ihm in der Gegend rum, war sogar zwei Mal bei ihm im Krankenhaus. Wollte geröntgt werden, weil er angeblich was am Magen hatte. War natürlich gelogen. Hat der Doktor natürlich gleich gemerkt. Hat ihn aber trotzdem untersucht und ihn dabei geschickt ausgefragt. Nicht nur über'n Magen. Na ja, und danach wusste er Bescheid.«

Sönke konnte sich nicht halten vor Lachen. »Der ist wirklich allein im Dunklen übers Watt zu euch rübergestiefelt? Oder ist er aufm Fahrrad gekommen? Bekloppt genug ist der ja. Schade, dass ihn die Flut nicht geholt hat!«

Maschmann nickte grimmig.

»Der ist kurz vor der Hallig umgekehrt und wieder abgehauen. Hat es wohl mit der Angst gekriegt, als der Hund anschlug. Da hatte er Glück! Mit der Gräfin darf man sich nicht anlegen. Wenn ihr einer so richtig querkommt ... Mannomann.«

»Was ist denn jetzt mit dem Engländer? Bleibt der noch länger?«

Maschmann hob die Schultern. »Dat wet ik ok ni … is wedder mol aans ni so eenfach, de ganze Krom.«

Er schwieg dann erst einmal längere Zeit, während Sönke Schmied sich anstrengte, sein Pferdegespann samt Flugzeug in der Spur Richtung Halligkante zu halten.

»Woher weiß der Schnüffler das eigentlich?«, fragte Maschmann schließlich.

»Von oben.«

»Von wem denn da oben?«

»Wet ik ni. Offizielle Dienststelle, glöv ik. Die glauben wohl, hier draußen gäb's irgendwo ein Flugzeug.«

»Was für'n Flugzeug denn? Wo denn?«

»Na – bist du bekloppt? Das hier! Hinter mir! Das vom Engländer. Die suchen seit gestern nach nem Toten.«

»Den hätte man bei so nem Wetter doch wohl ganz schnell finden können.«

»Das hab ich dem Schnüffler auch gesagt. Das wär ja wohl logisch, hat der gemeint. Die suchen aber weiter, hat er gesagt.«

»Wer sind denn *die* … Die Deutschen oder die Engländer?«

»Wet ik ni!«

Maschmann nahm seine Mütze ab und fuhr mit der Hand durch seinen Haarschopf. »Hört sik ni besoners good an«, murmelte er. »Överhaupt ni.«

★★★

John beobachtete von der Küche aus, wie die beiden Männer sich langsam der Hallig näherten.

»He! Du! Hilf uns hier mal!«, brüllte Maschmann dem Piloten zu, als der ihnen, auf den Stock gestützt, wenig später entgegenhumpelte.

»Der kann sein Flugzeug schon mal ein bisschen festhalten. Wir müssen die Pferde abspannen. Sie müssen rüber auf die Koppel. Sich ausruhen.«

»Das war ein ganz schön schweres Stück Arbeit«, nickte Sönke. »Hätt ich gar nicht gedacht, dass wir das so schnell hinkriegen.«

»Ein stabiles Gerät hast du da«, rief er zum Engländer hinüber. »Da geht ne ganze Flut drüber, und noch eine, und das Ding sieht immer noch aus wie neu.«

»Wo ist denn die Gräfin?«, fragte Maschmann Meta, die dazugestoßen war und das Flugzeug staunend umrundet hatte.

»Vielleicht ist sie hinten bei den Möwennestern«, sagte Meta. »Hunter ist auch weg.«

Maschmann warf John einen grimmigen Blick zu.

»Ich hab sie auch nicht gesehen«, murmelte Sönke, während er die nass geschwitzten Tiere unter Schnalzen und Tätscheln zu einer bereitstehenden Tränke auf die nahe Koppel führte.

»Wir können das Flugzeug doch hier vorne auf der Fenne stehen lassen«, schlug er vor.

»Das fehlte noch.« Maschmann tippte sich an die Stirn. »Denk doch mal nach: Am helllichten Tag ... bei Hochflut ... Da kriegt doch jeder, der hier mit dem Boot vorbeituckert, das Ding sofort zu sehen! Das muss hier weg. Und zwar zackig.«

»Wir könnten doch mal nachsehen, ob der Motor wieder anspringt«, schlug John versöhnlich vor.

»Springt bestimmt nicht an, dein Motor. Der ist abgesoffen«, ätzte Maschmann und riss am Griff der Cockpit-Klappe.

John schob den Kutscher kurzerhand beiseite, sagte: »Na, das wollen wir doch mal sehn«, und öffnete gekonnt die Türklappe. Mit festem Griff ließ er die kurze Treppe herunter und schwang sich auf den Pilotensitz.

»Dreh mal am Propeller!«, rief er Maschmann zu.

»Willst wohl wegfliegen«, brüllte Maschmann, nachdem der Motor nach einigen vergeblichen Versuchen stotternd ansprang.

»Ha!«, lachte John auf. »Wenn wir diesen Motor richtig ans Laufen kriegen, fährt mein Flugzeug von ganz allein in euren Hangar.«

Zurück in der Küche, beobachtete Meta, während sie sich ums Essen kümmerte, wie die drei Männer abwechselnd versuchten, den Propeller anzuwerfen. Wie John die Treppe herunter- und hinaufkletterte und sich immer wieder auf den Sitz im Cockpit warf, um den Propeller in Schwung zu bringen. Wie der Motor stockend ansprang und gleich wieder stillstand.

★★★

Während des Mittagessens war Meta mit den drei Männern allein. Die Gräfin blieb unauffindbar.

»Sie hat sich in ihre Stube zurückgezogen und will nicht gestört werden«, vermutete Maschmann.

Den Engländer ließ er mit Absicht links liegen und sprach mit Sönke am Mittagstisch nur noch Platt. Irgendwann war die Rede vom Hamburger Feuersturm, und die beiden Männer funkelten den Piloten feindselig an. Als habe der diese Katastrophe ganz allein verursacht.

»Warst du eigentlich dabei?«, wandte Maschmann sich plötzlich auf Hochdeutsch an John.

John wagte nicht, aufzusehen. Mit gesenktem Kopf rührte er in seinem Teller herum und tat, als habe er das Plattdeutsche der beiden Männer nicht verstanden. Er tat, als gäbe es ihn überhaupt nicht. Er war hier auf Feindesgebiet. Gut, dass sie ihn daran erinnerten.

★★★

Am Nachmittag kam etwas Wind auf. Verfing sich im Violett des Strandflieders, das an der Halligkante ins schimmernde Blau der sich kräuselnden Wellen überging, ums Haus streifte und die Schwüle vertrieb, die seine Bewohner niederdrückte.

John hatte sich in seine Kammer geflüchtet. Durchs offen stehende Fenster beobachtete er Maschmann, der, ein grobes Tragholz auf den Schultern, Eimer um Eimer voller Meerwasser die Warft hinaufschleppte.

John spürte Anflüge von schlechtem Gewissen den drei Halligbewohnern gegenüber und fragte sich, warum sie ihn nicht am ersten Tag schon den Behörden übergeben hatten. Er wusste, vonseiten der Nazis drohte ihm sofortige Verhaftung. Wahrscheinlicher war sogar, dass man ihn, nachdem man seinen Pilotenstatus festgestellt hatte, auf der Stelle erschoss.

Konnte es sein, dass diese Leute tatsächlich auf der richtigen – auf seiner – Seite standen und nichts anderes als hilfsbereit waren? Maschmann hatte ihn während des Mittagessens doch so vorwurfsvoll nach dem Hamburger Feuersturm gefragt, der im vergangenen Sommer große Teile Hamburgs vernichtet hatte. Von der Gräfin selbst hatte er eigentlich nur abfällige und eher spöttische Bemerkungen über die Nazis gehört. Doch diese Sache mit den Schmugglern, mit denen sie hier in Verbindung standen ... was bedeutete das?

»Die Gräfin badet«, rief der Kutscher ihm durchs offene Fenster zu, als er mit zwei Eimern, aus denen das Wasser überschwappte, zum wiederholten Mal die Warft hinauf an seinem Fenster vorbeistiefelte.

»Warum schwimmt sie denn nicht im Meer? Ist doch Flut«, rief John Philip zurück.

»Sie schwimmt lieber in der Wanne«, gab Maschmann zurück.

Während er wenig später über die Halligwiesen spazierte, wunderte es ihn daher nicht, als er die Gräfin auf ihrer Veranda mit nassem, bis auf die Schultern hinabwallendem Haar entdeckte. Bekleidet mit einem fast durchsichtigen weißen Gewand, das sich im Wind um ihren hochgewachsenen Körper bauschte. Sie war vertieft in ein Buch und umrundete das obere Stockwerk. Hin und wieder blieb sie stehen, sah in die Ferne und schien mit sich selbst zu sprechen. Dann wieder stand sie vor dem ausladenden Giebel ihres Hauses und las mit getragener Stimme einen Monolog in englischer Sprache vor:

> *Your face betrays strange feelings, my lord, and people will be able to read it like a book. In order to deceive them, you must appear the way they expect you to look. Greet the king with a welcoming expression in your eyes, your hands, and your words. You should look like an innocent flower, but be like the snake that hides …*

Shakespeare, mutmaßte John leicht amüsiert, an die Exzentrik britischer Aristokratinnen gewöhnt.

Er spazierte weiter, in der Hoffnung, irgendwo auf Meta zu treffen. Er fand sie schließlich in einer Kammer neben dem Esszimmer, wie sie eifrig das Messing einer Petroleumlampe blank rieb.

Sie zuckte zusammen, als er plötzlich hinter ihr stand.

»Ach, Sie sind es!«

Diese Leute stellten ihn auf die Probe, davon war John inzwischen überzeugt. Wann er wohl endlich zugeben würde, was ihn hier auf die Hallig geführt hatte? Er überlegte, ob jetzt der richtige Zeitpunkt gekommen sein könnte, Meta zum Gespräch der beiden Männer vorhin in der Küche zu befragen. Ob er in ihren Augen ein Feind sei. Ob sie planten, ihn den Deutschen auszuliefern ... Stattdessen aber sagte er nur: »Ich bin gerade an der Gräfin vorbeispaziert.«

Meta lächelte vorsichtig. »Eigentlich macht sie das nur nachts, wenn sie nicht schlafen kann. Aber am helllichten Tag ... ich weiß nicht. Heute ist alles ein bisschen durcheinander.«

»Gräfin Diana ist eine ungewöhnliche Frau, nicht? Es ist schwierig, sie zu durchschauen ...«

Meta rieb energisch den Messingfuß der Petroleumlampe blank. »Ich weiß nicht, ob man das einfach so sagen kann. Sie hätte Schauspielerin werden sollen. Manchmal spielt sie uns ihre Lieblingsrollen vor. Was spielte sie denn heute?«

»Sie hat etwas Englisches vorgetragen. Es hörte sich an wie Shakespeare«, antwortete John. Schauspielerin also, das passte. Die Dame spielt ihm also doch etwas vor.

»Bestimmt *Lady Macbeth*. Das ist ihre beste Rolle. Sie kennt den Text fast auswendig«, sagte Meta. »Einmal hat sie uns auch *Hedda Gabler* vorgespielt und sich am Schluss ihren Revolver an den Kopf gehalten. Maschmann hat sich zu Tode erschrocken. Ist auf sie zugesprungen und wollte ihr die Waffe entreißen. Wir wussten beide nicht, was wir davon halten sollten.«

Ob sie hier wohl alle eine Rolle spielten, ein großartiges Schauspiel aufführten? Sogar Meta? Die Rolle der jungen Naiven spielt sie jedenfalls perfekt.

»Ibsen trägt die Gräfin jetzt nur noch auf Dänisch vor«, plauderte Meta weiter. »Wegen den Nazis …« Sie verstummte ganz plötzlich, als hätte sie etwas, das geheim bleiben sollte, verraten.

★★★

Es war schon spät, als er hörte, wie die Haustür in den Angeln quietschte. Durch sein offen stehendes Fenster entdeckte er Meta, die sich auf die Bank neben der Haustür setzte.

John hoffte, dass sie dort tatsächlich auf ihn wartete.

Leise ging er durch die dunkle Küche und hinaus in den Flur. Bevor er ins Freie trat, räusperte er sich.

»Wer ist da«, flüsterte Meta und legte sich verschreckt ein Tuch über die bloßen Schultern.

»Ich bin's, John«, flüsterte er zurück und hoffte, dass sie von niemandem gehört würden.

Bei Maschmann im Nebenhaus war es dunkel. Auch in den Räumen der Gräfin brannte kein Licht. Nach dem Auftritt auf der Veranda hatte sie sich offenbar schlafen gelegt.

»Gräfin Diana schläft schon«, schien Meta seine Gedanken zu erraten. »Sie war wirklich sehr müde. Die vergangenen Tage waren für sie zu anstrengend … Setzen Sie sich doch, bitte.«

Nach einer kurzen Pause fügte sie hinzu: »Wollen wir ein wenig herumlaufen? Die warmen Nächte sind sicher bald vorbei.«

»Sind Sie nicht furchtbar müde? Sie sollten vielleicht ebenfalls schlafen gehen«, antwortete John ehrlich besorgt.

»Schlafen kann ich, wenn Sie wieder fort sind«, lächelte Meta. »Wann …?«

»Ich weiß es nicht. Ich wäre aber froh, wenn ich es wüsste! Vielleicht ergibt sich in den nächsten Tagen etwas. Die Gräfin hat so eine Andeutung gemacht, aber so ganz verstehe ich nicht, warum man nicht einfach Klartext mit mir spricht.«

»Es kann sogar sein, dass es plötzlich sehr schnell geht. Manchmal muss man hier von einer Minute auf die andere fort. Es ist ja immer so eine Sache ...«

»Wegen Ebbe und Flut?«

»Nicht nur«, sagte Meta zögerlich, und John verstand, dass sie sehr viel mehr wusste, als sie zu sagen wagte.

»Kommen Sie, wir gehen runter zum Meer.«

Während sie über schmale Wassergräben sprangen und das Halligvorland überquerten, um ans Meer zu gelangen, fragte John: »Ist es Ihnen hier nicht zu einsam? Immerzu allein mit der Gräfin und Maschmann auf diesem Stückchen Land.«

»Ich sagte doch schon: Wir haben es gut hier. Wenn erst der Krieg einmal vorbei ist ...«, sagte Meta.

»Was ist dann? Gehen Sie dann fort von hier?«

»Wohin denn? Wohin sollte ich gehen? In die zerstörten Städte?«, entgegnete Meta und schlenderte vor ihm her zur Halligkante. »Wenn ich könnte, würde ich vielleicht eine Zeit lang zu einer Freundin nach Skagen fahren. Es gibt einen Zug dorthin. Wissen Sie, wo das ist?«

»Klingt skandinavisch«, antwortete John.

»Sie sind noch nie über die Nordsee nach Dänemark, Norwegen oder Schweden geflogen?«

»Nein. Ich bin nur ... Ach, lassen wir das.«

»Wo waren Sie denn überall im Krieg?«, wollte Meta jetzt wissen.

John wagte nicht, ihr zu antworten. Er blieb stehen, legte den Kopf in den Nacken und gab vor, den mit Sternen übersäten Nachthimmel zu bestaunen. »Kennen Sie sich mit Sternbildern aus?«

»Ich kann den Großen vom Kleinen Wagen unterscheiden. Und die Milchstraße«, antwortete Meta und lachte leise.

»In klaren Nächten ist der Sternenhimmel über der Hallig unendlich weit.«

»Ich mag es, durch die Nacht zu fliegen und die Lichter der Städte unter mir zu sehen«, sagte John vorsichtig. »In Friedenszeiten jedenfalls.«

»Und im Krieg?«

»Da muss jeder genau wissen, was er zu tun hat dort oben«, wich John aus.

Das quälende Nebeneinander seiner Gedanken und Gefühle, jedes Wort, das er zu ihr sagte, beschämte ihn. Warum gestand er ihr nicht, dass ihn vor jedem Einsatz eine lähmende Angst befiel. Warum sagte er ihr nicht, wie sehr er es hasste, in ein mit Bomben beladenes Flugzeug zu steigen. Warum sprach er nicht aus, dass er jedes Mal schweißgebadet und unendlich erleichtert war, wenn er die Basis in England ein weiteres Mal lebend erreicht hatte? Der Krieg hatte seine Leidenschaft fürs Fliegen in die größtmögliche Abneigung verwandelt. Dafür hasste er den Krieg.

»Maschmann hat mir erzählt, Sie malen?«, versuchte er abzulenken.

»Wenn ich Zeit habe, male ich ein wenig, ja. Gerade ist aber zu viel zu tun«, antwortete Meta.

»Weil ich hier bin?«

»Auch«, gab Meta zögernd zu und blieb stehen.

»Ich störe also«, stellte John fest.

»Mich stören Sie nicht. Wirklich nicht.«

»Ich würde Sie gern ...«, sagte John leise. »Ich mag Ihre

Augen. Wenn Sie wegsehen ...«, *und ein wenig rot werden,* hätte er gern noch hinzugefügt.

Meta stellte sich dicht neben ihn und sah ihn übermütig an. »Ich würde Ihnen gern das Meeresleuchten zeigen.«

Ungläubig lächelnd betrachtete John ihre glatte Stirn und die Nase, die Wangenknochen und ihren vollen Mund, der gut zu ihrem runden Kinn passte, und wartete, was sie als Nächstes sagen würde. John spürte, dass sie etwas beschäftigte.

Plötzlich sprang sie beiseite und schwenkte ihr Tuch über dem Kopf hin und her. »Ich stelle mir gerade vor, wie es wäre, mit Ihnen übers Meer zu fliegen. Jetzt! In dieser Nacht!«

»Stellen Sie sich das lieber nicht vor. Helle Nächte sind gefährlich. Da stürzt man zu leicht ab«, sagte John und lächelte vorsichtig.

Meta warf ihre Locken zurück und wirbelte um ihn herum.

»Gefährlich? Wirklich? Ich habe Sie mir viel mutiger vorgestellt.« John lachte laut auf, griff nach ihr und zog sie zu sich heran.

»Ich bin ganz und gar nicht mutig«, sagte er leise, als sie vor ihm stand. Ihn überkam der Wunsch, schwerelos zu sein. Frei von Zwängen und Ängsten. So wie in jenem Augenblick, als er, von einem günstigen Luftstrom getragen, im Morgennebel über dem Wattenmeer schwebte. Still wie ein Vogel im Anflug. Als er plötzlich die Kontrolle über sein Flugzeug verlor.

»Verzeihen Sie«, sagte John und ließ verstört ihre Schultern los. »Ich wollte Sie nicht erschrecken.«

»Sie erschrecken mich nicht. Reden ist viel gefährlicher als fliegen. Ich küsse Sie jetzt«, sagte Meta.

John spürte ihre Lippen auf seinen, fühlte ihre weiche

Haut, die zart nach Minze duftete, und während er stürmisch ihr Gesicht, ihren Hals und ihre nackten Schultern küsste, dachte er, sie ist mutig. Viel mutiger als ich.

★★★

Nach einem ausführlichen kühlen Bad und den *Exercises*, wie Diana ihre Sprechübungen nannte, hatte sie, getrieben von etwas Unbestimmtem, das ihren Nerven zusetzte, die Veranda verlassen und sich auf ihrem Bett ausgestreckt.

Die Schlichtheit der Schlafkammer beruhigte sie. Die kühlen Laken besänftigten ihre Gereiztheit.

Sie lauschte dem Ticken der Wanduhr und wartete auf den Gong, der gleich zehn Mal schlagen würde. Die Uhr aus Kirschbaumholz, verziert mit schimmerndem Perlmutt, war eins der wenigen Möbelstücke, die sie damals aus Schloss Emkendorf mitnahm.

Wenn diese Uhr stehen bleibt ist mein Leben endgültig vorbei, dachte sie hin und wieder, wenn sie das Uhrwerk aufzog und den Uhrenkasten sorgfältig verschloss. Wie zum Abschied strich sie danach über das seidige Holz.

Diana spürte, dass sie sich zu viel zugemutet hatte. In den Nächten erwachte sie, von Albträumen aufgeschreckt, ohne sie deuten zu können, und fühlte sich noch Stunden danach ohnmächtig und hilflos.

Sie überlegte, wie lange Maschmann fort sein würde. Die Behörden würden nach dem Piloten und dem Flugzeug suchen, hatte er ihr gesagt, als er die Hallig verließ, um nochmals rasch den Arzt zu holen. Denn dazu bliebe nicht mehr viel Zeit. Dem Engländer ging es offenbar sehr viel besser. Sie würde ihn aber erst gehen lassen, wenn Braack seine Reisetüchtigkeit bescheinigt hätte.

Um ihre Gedanken in eine andere Richtung zu lenken,

versuchte sie sich in das kleine barocke Zimmertheater auf Schloss Emkendorf zu versetzen. In den lichtdurchfluteten Gartensaal, der sie seinerzeit, selbst an dunklen Wintertagen, in eine tröstliche, fantasiereiche Stimmung zu bringen vermochte.

Im Halbschlaf sah sie die pompeijanisch anmutenden, allmählich verblassenden Gemälde vor sich, mit denen die Wände der herrschaftlichen Räume ausgeschmückt waren, als sich vor diese hellen südlichen Landschaften und Alltagsszenen unvermittelt die Gestalt des Comte, ihres Vaters, schob. Seine abweisende Miene, sein durchdringender Blick traf sie, als stünde er vor ihr. Kaum eine Armlänge von ihr entfernt. In einem Lagerraum, in dem die einzigen Gefährten ihrer Jugendjahre, mit denen sie lebhaft Zwiesprache gehalten hatte, die ihre Vertrauten, ihre innere Zuflucht gewesen waren, zu blutroter Asche zerfielen. Beißender Rauch das prachtvolle Gemälde *Die nackte Venus* des spanischen Hofmalers Anton Raphael Mengs vernichtete. Das Bild der stolzen Göttin Hera im Feuer zu einem glühenden, schwarzen Klumpen zerschmolz.

Geweckt von einem Geräusch, das sie schlaftrunken den prasselnden Flammen zuordnete, richtete Diana sich auf.

Ihre Haut schien zu brennen. Sie war schweißgebadet. Ihr Körper schmerzte, sodass es sie nach einem Bad in eiskaltem Wasser verlangte. Sie verließ das Bett und trat auf die Veranda in die Nachtluft hinaus, von der sie sich Kühlung erhoffte. Doch immer noch war es warm und gewittrig schwül. Sie betrachtete den sternenübersäten Himmel, die stille, mondglänzende Meeresfläche und fragte sich, ob das Motorengeräusch eines herannahenden Fischkutters ihr verzweiflungsvolles Erinnern an das zerstörerische Feuer hervorgerufen hatte, verwarf diesen Gedanken aber gleich wieder. Sie dachte an Maschmanns Warnung, dass Schnüffler unterwegs waren. Erst als das Geräusch des Fischkutters in der Ferne verklungen war, entspannte sie sich wieder.

Sie pfiff leise nach ihrem Hund. Hunter stand auf dem oberen Absatz der Außentreppe und spähte hinunter zum Erdgeschoss. Dort wurde eine Tür geöffnet und schnell wieder geschlossen.

»Komm her. Da gibt's nichts Besonderes. Das ist Meta, die schlafen geht«, raunte Diana ihrem Hund zu.

Wenig später hörte sie die Stimme des Piloten, ein Auflachen Metas und wieder das Quietschen einer Türangel. Wahrscheinlich haben die beiden einen Spaziergang gemacht. Die Nacht ist hell und mild. Eine gute Gelegenheit für etwas Romantik, dachte sie.

Bis auf das Ticken der Uhr war es nun wieder still im Haus. Unschlüssig blieb sie noch eine Weile auf der Veranda stehen. Doch dann, als sei sie fremdgesteuert, schlich sie auf nackten Füßen die Treppe zum Erdgeschoss hinunter.

Dort tastete sie sich im Dunklen zu Metas Stube vor.

Vor deren Tür wollte sie sofort wieder kehrtmachen, blieb aber doch dicht davor stehen und lauschte den leisen Geräuschen, die zu ihr hinausdrangen. Dem Rascheln und Flüstern, dem vergnügten Kichern Metas, dem leisen Lachen von John, dem Seufzen des jungen Paares.

Diana wagte kaum, zu atmen.

In ihrem Inneren flackerte eines der für immer vernichteten Gemälde Angelika Kauffmanns auf: Danaë, die Geliebte des Zeus, auf deren gespreizte Schenkel der antike Gott in einem Goldschauer niedergeht. Und sie sah sich selbst als halbwüchsiges Mädchen, das seine Hände über zwei eng umschlungene Marmorfiguren gleiten ließ. Dessen Fingerspitzen sanft den Linien des fein geäderten, fast durchscheinenden Marmors des Liebespaares Eros und Psyche folgten. Sie spürte, wie die grazilen, bernsteinfarbenen Körper in jenem Mädchen Gefühle hervorriefen, die gleichermaßen verlockend wie beängstigend waren.

Wie damals erfasste sie ein sehnsüchtiges Schweben. Ein Dahingleiten auf Wellen, ein mächtiger Sog - eine sie überwältigende Angst, als stürzte sie aus großer Höhe in einen todbringenden Abgrund. Sekundenlang war Diana wie gelähmt.

Aufgewühlt und zutiefst beschämt, das junge Paar belauscht zu haben, stürmte sie in ihre Wohnstube hinauf. Zornentbrannt blieb sie vor dem Kamin, vor ihren sorgsam aufgereihten Familienbildern stehen und schob sie mit Wucht beiseite.

5. TAG

Maschmann und Sönke Schmied bepackten den Pferdewagen mit leeren Kübeln, Säcken und trockenen Mistplatten und verließen die Hallig vor Sonnenaufgang. Maschmann hatte kurz gezögert, denn üblicherweise meldete er sich bei Meta ab. Vorsichtshalber hatte er noch schnell an ihre Stubentür geklopft. Doch sie schien fest zu schlafen.

Auch in der Stube des Piloten war es still. Maschmann hatte ihm eigentlich nur schnell zeigen wollen, wo sich das Flugzeug jetzt befand. Das Versteck war wirklich nicht schlecht. Wer würde in einer baufälligen Scheune auf einer Hallig schon ein britisches Aufklärungsflugzeug vermuten? Den einen, herausragenden Flügel hatte Maschmann dann aber doch noch hinter Ackergeräten, unter Strohballen und Heuhaufen verborgen.

Er ließ die Pferde in zügigem Schritttempo gehen. Der Fahrweg war trocken. Schweigend hingen beide Männer ihren Gedanken nach.

Maschmann überlegte, wie viel Arbeit gleich auf dem Püttenhof auf ihn wartete. Und wie lange er wohl brauchen würde, die beiden Braacks von ihren Patienten loszueisen. Es würde spät werden, dachte er, vielleicht zu spät, wieder rechtzeitig auf die Hallig zurückzufahren.

»Wofür hast du eigentlich die Ditten mitgenommen? Sind die überhaupt schon durchgetrocknet?«, versuchte Sönke Schmied, seinem Freund noch ein paar Worte zu entlocken, und zeigte hinter sich auf die Dungplatten. Er hatte mit seinem Freund schon oft getrockneten Schafmist und Rinderdung gesammelt, in große Rechtecke gestochen und anschließend für mindestens drei Wochen zum Trocknen aufgestellt. Wenn auch die Unterseiten getrocknet waren, hatten sie die fertigen Ditten zuerst in Klooten aufgesetzt und in den ersten Herbstwochen im Hallighaus auf dem kleinen Dachboden über der Küche aufeinandergestapelt, damit Meta sie im Winter durch eine Falltür herunterziehen konnte fürs Herdfeuer.

»Braucht ihr denn neuerdings auf dem Püttenhof zum Heizen Ditten?«, fragte er. »Da habt ihr doch Holz genug. Allein das Buschwerk aus dem Obstgarten. Damit kommt man doch leicht ein paar Monate aus.«

»Der Dachboden auf der Hallig ist winzig«, sagte Maschmann. »Wir brauchen den Platz jetzt auch als Versteck. Falls mal wieder so 'n Engländer kommt.«

Sönke schwieg. Über manche Dinge redete er besser nicht. Auch nicht mit seinem Freund Maschmann.

»Wann kommst du nachher zu mir?«, wollte er wissen, als Maschmann ihn an seinem Haus absetzte.

»Klock acht!«

»Is good. Klock acht! Denn man Düss«, verabschiedete er sich und sprang mit »Hol di fuchtig!« vom Wagen.

★★★

Meta zog sich nach der Mittagsstunde in ihre Stube zurück. Rasch warf sie ihren mit Farben befleckten Kittel über und rückte die Staffelei unters Fenster. Damit sie sich aufs Malen auch wirklich konzentrieren konnte, öffnete sie die Türen des geräumigen Alkovens und strich noch einmal das Laken und die Kissen glatt, bis ihr Bett aussah, als habe es die vergangene Liebesnacht nie gegeben.

Sie schloss die Holztüren des Wandbettes, die sie vor einigen Jahren mit violetten Iris, weißen Lilien und Margeriten bemalt hatte, und wischte mit einem Tuch über den Tisch, die Stühle und die Sitzbank des Ofens, bis die mit Mühlen und Booten verzierten Kacheln glänzten.

In der kalten Jahreszeit, wenn es tagelang dunkel war und die Flut hochstand, in Nächten, in denen der Sturm ums Haus heulte, wenn an Schlaf kaum zu denken und selbst die Gräfin nicht gern allein war, saßen sie oft zu dritt um den Tisch am warmen Ofen und erzählten sich, was sie in vergangenen Nächten geträumt hatten.

Metas Träume waren stets wild und überschäumend wie die Brandung, die um die Hallig tobte.

»Wat du ni aans inne Kopp häs«, lachte Maschmann dann und behauptete: »Ik dröm nix.«

Dass Maschmann keine Lust hatte, sich um seine Träume zu kümmern, leuchtete Meta sofort ein.

Hin und wieder gab er jedoch zum Besten, was Großmütter und Urgroßmütter sich auf den Inseln seit jeher erzählten. Geschichten über die Wittfruun von Walfängern. Dass diese Frauen oft monatelang auf die Rückkehr ihrer Männer gewartet hatten, die auf Walfang im Eismeer vor Grönland unterwegs waren. Dann lagen sie, allein gelassen mit ihren Kindern, schlaflos in ihren dunklen, feuchten Kammern, in ihren nasskalten Betten und ängstigten sich, dass ihr Mann für immer dort draußen bleiben würde, gefangen im Sturm. Dass sein kleines Holzboot, das Birthe, Inken oder Annegret hieß, in den Fluten unterging. Die Frauen hofften und beteten, dass ihre Walfänger zu ihnen zurückkommen würden. Bis in den Frühling hinein warteten sie Tag und Nacht. Und erst wenn der Wiedergänger in ihre Schlafstube kam, einer, der genauso aussah wie ihr seit Wochen und Monaten sehnlich erwarteter Mann. Wenn der sich des Nachts auf ihre

Bettdecke legte, bis die Frau kaum noch Luft bekam. Und erst wenn der Wiedergänger dann aus dem Zimmer ging und auf den Dielen eine kleine Pfütze hinterließ, erst dann hatte die Walfänger-Frau Gewissheit und musste sich damit abfinden, dass ihr Mann, der in den Stürmen vor Grönland die Wale gejagt hatte, im eisigen Meer geblieben war.

Meta mochte diese Geschichte ganz besonders und mochte sie auch wieder nicht.

Gräfin Diana verriet nie, ob sie Maschmanns Geschichten von den Wittfruun schön oder schrecklich fand. Sie erzählte stattdessen von bäumen- und heckenumsäumten Straßen in Kopenhagen, durch die sie im Traum geschlendert war. Sie träumte von langen Winterabenden in königlichen Residenzschlössern. Oder von Picknicks und sommerlichen Festen unter freiem Himmel. Und von Kutschfahrten durch sanfte Hügellandschaften.

Sie war zu stolz und zu verschlossen, um ihren Bediensteten gegenüber Albträume offenzulegen, vermutete Meta.

Manchmal betrachtete die Gräfin im Lichtschein der Petroleumlampe, was Meta gemalt hatte. Marschlandschaften mit tief hängenden Wolken, bedrohliche Gestalten im düsteren Watt. Hinter Deiche geduckte Katen, umringt von windzerzausten Blumen und Bäumen.

»Meta, Meta, du bist wirklich begabt. Du solltest eine Ausbildung machen«, hatte die Gräfin einmal gesagt und vorgeschlagen: Nach dem Krieg würden sie Gustav Mennicke auf Föhr besuchen. In seinem Haus am Gotinger Kliff.

Meta nickte begeistert. Gustav war ein begnadeter Maler, das wusste sie. Nur wenige Jahre bevor Meta zur Gräfin kam, gewährte Diana ihm Unterschlupf auf der Hallig, nachdem die Nazis seine Kunst als »entartet« eingestuft hatten. Meta hatte es immer betrübt, mit diesem urigen Künstler nicht gleichzeitig auf der Hallig gewesen zu sein.

Wie gern er in dieser Stube mit dem großen Nordlichtfenster gewohnt und gemalt hatte, erzählte die Gräfin. Und dass die Staffelei, die Meta nun benutzte, von ihm aus Schwemmhölzern gezimmert worden war.

In den vergangenen Jahren war es meistens das durch den Krieg hervorgerufene Elend gewesen, worüber sie sprachen. Inzwischen aber beschäftigte Meta sich lieber damit, wie es sein würde, wenn es wieder genügend Weizenmehl, Zucker und Hefe gab, um ein Rosinenbrot zu backen. Sie stellte sich vor, wie sie endlich wieder einmal nach Husum fahren würde. Und irgendwann noch weiter nach Norden hinauf. Bis nach Jütland zur Künstlerkolonie am Kattegat. Nach Skagen, zu den »Malerinnen und Malern des Lichts«.

Meta rückte ihre Staffelei noch näher ans Fenster und dachte daran, wie sie in der vergangenen Nacht, hinter den Türen ihres Alkovens verborgen, einen Mann umarmt hatte, von dem sie nur wenige Tage zuvor noch glaubte, dass er ein Feind, ein gefährlicher Eindringling sei. Sie dachte an den stillen Nachthimmel, an den glitzernden Teppich der Milchstraße und ans Meeresleuchten. Ans Sprühen und Funkeln der winzigen Planktonteilchen, die ihre nackte Haut vergoldeten, als sie mit John im warmen Meerwasser badete.

Gedankenverloren blickte sie von der Leinwand auf und sah, wie Gräfin Diana auf der Koppel eines ihrer Pferde striegelte. Wie ausdrucksvoll die Farben waren! Das graublaue, im Sommerwind flatternde Kleid der Gräfin, ihr von der Sonne gebleichter Hut, der blassblaue Himmel über dem Meer, die unterschiedlichen Braun- und Gelbtöne der trockenen Fennen, das fuchsrote Pferd. Das war es! Genau das würde sie malen.

Darüber, dass Gräfin Diana an diesem Morgen hatte allein sein wollen, hatte Meta nicht weiter nachgedacht. Abwesend hatte die Gräfin ihr nur kurz zugenickt, als sie ihr

Milch, Brot und Eier in die Stube hinaufbrachte. Die zersplitterten Rahmen und zerknickten Fotografien auf dem Boden vor dem Kamin waren ihr sofort aufgefallen. Wahrscheinlich hatte ein heftiger Windstoß sie vom Sims gefegt. Als sie die Gräfin fragte, ob sie die Scherben wegräumen solle, hatte diese jedoch entschieden geantwortet: »Das, mein Kind, sind meine Scherben. Die muss ich allein beseitigen.«

★★★

Am Nachmittag bereitete Meta den Five o'Clock Tea vor. Er sollte im Garten serviert werden.

»Gräfin Diana hört wieder Edvard Grieg. Dessen Musik hört sie oft«, rief sie John zu, während sie eine weiße Tischdecke auf dem Gartentisch ausbreitete und er einige Stühle herbeischaffte.

Meta kehrte aus der Küche zurück und stellte Teetassen und Gebäck auf den Tisch.

»Gräfin Diana wird uns sicher gleich von ihrer Kopenhagener Zeit erzählen«, kicherte sie dabei unbekümmert. »Sie hat Griegs Kompositionen im Konzerthaus in Christiania gehört und mir davon schon mehrmals vorgeschwärmt. So viel Gefühl traut man ihr eigentlich gar nicht zu. Aber wenn es um ihre Jugendzeit in Kopenhagen geht ... Du wirst sehen.«

»Ich bin nicht in Stimmung, mir schon wieder alte Geschichten anzuhören«, murmelte John ungnädig, und Meta musterte ihn erstaunt.

»Was ist mit dir?«

»Ich kenne diese Sorte Geschichten nur zu gut. Und zwar seit frühester Jugend«, antwortete John gereizt und versuchte, ihrem Blick auszuweichen.

»Was ist denn los mit dir? Ist es wegen letzter Nacht?«

»Ich glaube, ich wäre jetzt tatsächlich lieber allein«, gestand John.

Meta sah ihn mit großen Augen an. »Warum möchtest du ausgerechnet jetzt allein sein? Die Gräfin war so rücksichtsvoll. Wir schulden ihr ein wenig Gesellschaft.« Sie lächelte und versuchte, John in den Arm zu nehmen.

»Meinst du, sie hat was gemerkt? Ich meine letzte Nacht?«

»Weiß nicht. Vielleicht. Ich hoffe nicht ...«, entwand er sich blitzartig.

»Na, komm schon. Wir sind doch erwachsen. Und die Gräfin denkt in diesen Dingen eh ganz anders.«

»Streitet ihr euch? Worum geht es?«

Meta lachte erleichtert auf, als sie die Gräfin kommen hörte. »Ach, nichts, wir haben uns nur ein bisschen gekabbelt.«

»So? Warum denn?«

Gräfin Diana rückte das Kissen zurecht, das Meta für sie auf die Gartenbank gelegt hatte, und setzte sich. Sie zupfte an den Ärmeln ihres Kleides, langte in eine der Seitentaschen ihres Rockes und legte, nachdem sie sich des Gesuchten vergewissert hatte, sorgfältig die bereitliegende Serviette über ihren Schoß. Sie richtete sich kerzengerade auf und sah prüfend von Meta zu John, von John zu Meta.

»Bitte! Nun setzt euch doch endlich!«, rief die Gräfin ungeduldig. John setzte sich auf einen Stuhl mit einigem Abstand zu Meta.

»Ich möchte euch etwas erzählen, das sonst niemand von mir weiß«, erklärte die Gastgeberin jetzt und nestelte wieder an ihrem Kleid. »Ich habe nie darüber zu sprechen gewagt, weil ich es für immer vergessen wollte.«

★★★

»Wo sind Sie mit Ihren Gedanken?« Gräfin Diana betrachtete John aufmerksam. Gespielt höflich sah John zu ihr hinüber.

»Sorry, bitte entschuldigen Sie. Sie wollten uns etwas erzählen.«

»Ja. Aber nur, wenn Sie es auch wirklich hören wollen. Ich möchte Sie mit meiner Geschichte nicht belästigen. Sagen Sie mir bitte sofort, wenn ich Sie langweile.« Wieder griff die Gräfin in ihre Rocktasche, als suchte sie Halt.

»Meine Mutter Isabella war sechsundzwanzig Jahre alt, als ich geboren wurde«, begann sie schließlich zu erzählen. »Sie stammte aus einer alten schottischen Adelsfamilie, sie war eine liebevolle, kluge Frau. Bis sie meinem Vater begegnete, der ihren Lebenswillen zerstörte.«

John stöhnte innerlich auf. Es würde ein langer Nachmittag werden, so viel stand fest. Seine Gedanken wanderten zur vergangenen Nacht. Es war ein Fehler gewesen, mit Meta zu schlafen. Er fand sie hinreißend, und dennoch: Er musste von hier weg. So schnell wie möglich. Er durfte ihr keine falschen Hoffnungen machen.

Wie durch zähen Nebel drang die Stimme der Gräfin zu ihm hinüber: »Meine junge, liebevolle Mutter … Sie kümmerte sich um Bedürftige, besuchte die Leute im Dorf und brachte den Kranken und Alten Arzneien und Lebensmittel. Mein Vater schob dem schnell einen Riegel vor. Nicht nur, weil er unfassbar geizig war. Sie sollte gewisse Kinder nicht bemerken, die ihm auffallend ähnlich sahen. Jeder in der Gegend wusste, dass er häufig Gebrauch vom sogenannten Herrenrecht – dem mittelalterlichen *ius primae noctis* – machte.«

Diana verstummte und legte beide Hände vor sich auf den Tisch, als fürchtete sie, ein weiteres Mal in ihre Rocktasche zu greifen. Ruhelos schnippten ihre Finger über die Tischdecke, als gäbe es dort fortwährend Krümel zu beseitigen.

»Es war unerträglich. Ohne jede Rücksicht nahm er sich heraus, die Brautnacht mit jedem frisch verheirateten Mädchen zu verbringen. Jeder im Dorf empfand sein Verhalten als gewalttätig und widerwärtig. Aber niemand widersetzte sich. Nach vollbrachter Tat schenkte er der jungen Frau eine Kuh oder zwei Schafe als Mitgift. Als Mit-Gift! Im wahrsten Sinne des Wortes. Bis heute wundert mich, dass ihn keiner der jungen Männer umbrachte.«

Weder John noch Meta rührten sich.

»Manche Menschen empfinden den Tod als etwas Trauriges. Andere als etwas, vor dem es sie graust«, erklärte die Gräfin und wischte mit Nachdruck einen Krümel von der Tischdecke.

Meta nahm die weiße Decke plötzlich als eine Art Leichentuch wahr und ärgerte sich, dass sie nicht ein Tischtuch mit buntem Muster aufgelegt hatte.

»Als ich den Leichnam meines Vaters sah, war ich zutiefst erleichtert«, fuhr die Gräfin mit tonloser Stimme fort. »Sein starrer Körper, sein für alle Ewigkeit verschlossenes Gesicht waren das exakte Abbild seines kalten, feindseligen Lebens. Ich kann mich nicht erinnern, ihn jemals berührt, ihm ein einziges Mal auch nur die Hand gegeben zu haben. Ich konnte ihn weder lieben, noch konnte ich ihn hassen. Er war mir völlig fremd. Er wusste genau, wie er uns Kinder bis ins Mark treffen konnte. An welcher Stelle wir empfindlich und verletzlich waren. Er war geübt darin, sein Gegenüber, andere Menschen zu quälen.

Er wusste, wie viel mir die Kunst im Schloss bedeutete. Die Gemälde und Statuen waren mir Begleiter gewesen seit meiner Kindheit. Stundenlang hatte ich mich mit ihnen beschäftigt, sie studiert, Trost in ihrem klaren Ausdruck gefunden. In ihrer Anwesenheit fühlte ich mich sicher.«

Meta nickte mitfühlend.

»Eines Tages musste der Comte die wertvollsten Gemälde und Statuen wegen Umbauarbeiten in einem Lagerhaus bei Rendsburg unterbringen und hat sich dann nie wieder drum geschert. Immer wieder habe ich ihn gebeten, ja geradezu darum gebettelt, die Kunstwerke zurückzuholen ins Schloss. Er hatte unser Schloss seiner Seele beraubt. Ohne die Kunst würde ich in diesem Haus verkümmern. Das wusste ich. Und er wusste es auch und genoss dieses Wissen. Eines Tages brach in dem Lagerhaus ein Feuer aus. Von den Kunstwerken blieb nicht der kleinste Splitter übrig. Wahrscheinlich hatte der Comte sie selbst in Brand gesteckt.

Als ich älter wurde, fühlte ich mich vor ihm nur sicher, wenn ich einen geladenen Revolver bei mir trug. Und immer häufiger spielte ich mit dem Gedanken, diesen Mann, wenn er mir gegenübertrat, auf der Stelle zu erschießen!«

John räusperte sich und sah irritiert zu Meta hinüber. Er kannte diese Art von Geschichten unglücklicher Familien. Doch dieses Mal musste er zugeben, dass sie von besonderer Härte war. Ob die Gräfin wohl deshalb die Einsamkeit dieser kleinen Hallig gesucht hatte? Lieber gar keine Familie als solch eine?

Nur wenige Wortfetzen drangen noch zu ihm durch: »Mannshohe Käfige vor unseren Räumen ... unsere Mutter fürchtete sich Tag und Nacht ... – schließlich gelang es uns, die misshandelten Tiere zurück in den Zoo zu bringen ...«

John versuchte, sich zu konzentrieren. Fragend blickte er zu Meta, die der Gräfin gebannt zuhörte.

Auch er versuchte wieder, ihrem Bericht zu folgen, doch sie beendete ihn gerade mit einem leisen, kaum noch hörbaren Satz: »Meine Mutter starb schließlich an Tuberkulose. Sie hatte sich bei den kranken Tieren angesteckt.«

★★★

Die Gräfin war schnell und ohne ein Wort der Erklärung aufgestanden, kam aber wenig später mit raschen Schritten zurück. »Wo ist Hunter?«

Meta sprang auf und sah den kreischenden Möwen nach, die am Abendhimmel in Schwärmen davonstoben. »Rennt der unten bei den Möwennestern herum? Ich hol schnell das Fernglas!«, rief sie und eilte ins Haus. Überrascht sah ihr die Gräfin nach. »Wie spät ist es? Ist Maschmann schon zurück? Haben Sie ihn kommen sehen?«, wandte sie sich an John.

»Ich? Nein. Ich habe niemanden gesehen.«

Mit energischen Handzeichen gab Meta ihm zu verstehen, er solle ihr die Treppe hinauf ins obere Stockwerk folgen. Bei ihr angelangt, zog sie ihn in eine Dachkammer, in der er kaum noch aufrecht stehen konnte.

Sie bedeutete ihm, still zu sein und sich hinter einen Stapel Feuerholz zu ducken, der in der Kammer mannshoch aufgeschichtet war.

»Unter uns in der Küche kann dich jeder hören. Hunter ist gerade völlig durchnässt zurückgekommen. Draußen im Watt ist jemand.«

»Der Hund hat gar nicht gebellt. Das hätten wir doch gehört?«, antwortete John erstaunt.

Meta legte den Zeigefinger auf ihren Mund, zog im Dielenboden den Deckel einer Luke hoch und sah vorsichtig in die Küche hinunter.

»Psst! Sei leise! Ich werde gleich mal nachsehen, wer da unterwegs ist.«

»Ist es nicht besser, wenn ich mit dir hinuntergehe? Ich kann mich doch auch irgendwo anders verstecken.«

»Nein! Du musst hier oben auf dem Dachboden bleiben. Alles andere ist viel zu gefährlich. Wer weiß, wer da gekommen ist. Hier oben vermutet dich niemand. Die Gräfin und ich machen das schon. Keine Sorge! Ich räume draußen schnell noch die Sachen weg. Von dir darf nichts zu sehen und nichts zu hören sein. Das ist im Augenblick das Allerwichtigste!«

Meta schloss leise die Falltür, stellte eine Holzleiter vor das winzige Fenster und verhängte es mit Säcken. »Es tut mir leid, aber du musst jetzt eine Weile im Dunklen sitzen«, flüsterte sie und schlich auf Zehenspitzen hinaus.

Sofort schob John die Säcke vor dem Fenster wieder beiseite. Neugierig, was draußen im Dämmerlicht vor sich ging. Dabei wunderte er sich, dass er Maschmanns Rückkehr geradezu herbeisehnte. Im Augenblick wünschte er nichts sehnlicher, als wieder unter Männern zu sein und sich in Sphären bewegen zu können, die ihm nichts Gefühliges abverlangten. Durch seinen Sehschlitz beobachtete er, wie die Gräfin das Teegeschirr und Meta den Stuhl, auf dem er kurz zuvor noch gesessen hatte, ins Haus zurückbrachten. Er hörte, wie der Schlüssel im Schloss der Haustür herumgedreht wurde, dann das Knurren von Hunter und gleich darauf Gräfin Diana, die ihren Hund zu beschwichtigen versuchte.

In der Dachkammer war es stockdunkel. John lugte durch eine der Ritzen zwischen den Planken der Außenwand. Gespannt, was draußen auf der Warft als Nächstes geschehen würde. Bis auf das Blöken der Schafe oder das Schnauben eines Pferds war es still. Gräfin Diana schien sich inzwischen in ihren Räumen aufzuhalten. Dielen knarrten, Schranktüren wurden geöffnet und geschlossen. Kurz darauf öffnete sich einen Spaltbreit die Tür zu seinem Versteck, und die Gräfin streckte ihm zunächst ein Gewehr, dann ein Lederetui mit Patronen entgegen.

»Das Gewehr ist etwas altmodisch. Ich denke, Sie werden damit umgehen können. Benutzen Sie es nur im äußersten Notfall«, bat sie leise und zog die Tür gleich wieder hinter sich zu.

Zwischen trockenen Mistplatten und Holzstapeln kauernd, beschlich John das Gefühl, dass er sich, von einer betagten Lady mit Jagdflinte und ein paar Schrotpatronen ausgerüstet, gerade für immer lächerlich machte. Dass er, der hochdekorierte Kampfpilot, gerade zur komischen Schießbudenfigur mutierte.

Er war vielleicht ein Kriegsheld. Ließ sich von zwei übereifrigen Damen beschützen, während er mit einer Schrotflinte in einer Dachkammer hockte.

Es war noch hell genug, um vor der Hallig den zweispurigen Fahrweg im Watt erkennen zu können. Weit und breit konnte er aber nichts entdecken, was einen verdächtigen oder gar gefährlichen Eindruck machte.

Hin und wieder hörte er Schritte. Die Gräfin schien abwechselnd in ihrer Wohnstube, dann auf der Veranda auf und ab zu gehen, was ihn an ihren theatralischen Auftritt tags zuvor erinnerte.

Belustigt fragte er sich, welches Theaterstück sie wohl dieses Mal einübte. Sicherlich Shakespeares Sommernachtstraum. Er zog vorsichtig die Falltür auf und spähte in die Küche hinunter.

Meta stand am Herd und flüsterte Hunter etwas zu. Dann verschwand sie aus seinem Blickfeld.

Im Schein der Küchenlampe begann John, das Jagdgewehr auf dessen Tauglichkeit zu untersuchen. Der Holzschaft war glatt poliert. Im matten Licht konnte er unterhalb des Doppellaufs silberne Arabesken mit einem Jagdmotiv erkennen.

Eine alte Jagdwaffe von Purdey and Sons aus Mayfair, stellte er anerkennend fest und füllte den Doppellauf mit Patronen. Die beiden Ladies mit solch einem Gewehr verteidigen, das hätte Stil, dachte er und machte es sich auf seinem Beobachtungsposten bequem.

★★★

Gräfin Diana umrundete auf der Veranda das Haus und suchte durchs Fernglas die schimmernde Meeresfläche in alle Himmelsrichtungen bis zum Horizont ab. Sie überlegte, wer wohl ein Interesse daran haben könnte, sie abends aufzusuchen.

Bisher hatte sie die Gefahr, dass der Brite bei ihr entdeckt werden könnte, als gering eingeschätzt. Waren sie verraten worden? Sönke Schmieds Warnung, dass nach dem Flugzeug gesucht würde ...

Des Öfteren schon hatte sie sich ausgemalt, wie sie, sollte sich jemand nähern, der ihr gefährlich werden könnte, in ihrem schwarzen, in majestätischen Falten herabfallenden Samtkleid mit Schleppe, das sie bei offiziellem Besuch auch auf der Hallig anlegte, den ungebetenen Gast langsam und würdevoll zum sofortigen Rückzug zwingen würde. Schritt für Schritt. In der Hand ihren geladenen Revolver.

In Maschmanns Kammern im Nebengebäude blinkte ein heller Lichtstrahl auf.

Diana unterdrückte den Impuls, laut nach ihrem Kutscher zu rufen. Stattdessen überlegte sie blitzschnell, wer außer ihm sich zu dieser späten Stunde in den beiden Kammern aufhalten könnte. Maschmann selbst würde es nicht sein. Die Flut stand zu hoch. Er konnte keinesfalls zurück sein.

Und mit einem leisen Pfiff gab sie ihrem Hund zu verstehen, ihr in ihre Räume zu folgen.

★★★

Aus seinem Versteck beobachtete John wenig später, wie die Gräfin im Mondlicht in elegantem Samtgewand Stufe für Stufe die Außentreppe hinunterschritt. Noch so ein bühnenreifer Auftritt, amüsierte er sich und hätte der Gräfin am liebsten mit lauten Bravorufen Beifall geklatscht.

Hunter dicht neben sich, blieb sie auf einer der letzten Treppenstufen stehen und sah zu Maschmanns Kammer hinüber, in der immer wieder der Lichtstrahl einer Taschenlampe aufleuchtete.

»Halt! Kommen Sie sofort heraus!«, rief die Gräfin laut, woraufhin der Lichtschimmer im Nebenhaus sofort erlosch.

John griff nach der Jagdflinte und öffnete die Tür seiner Dachkammer. »Damn!«, fluchte er, als sie in den Türangeln quietschte.

Vorsichtig tastete er sich im Dunklen bis zur Außentreppe vor. Dort angelangt bemerkte er, wie jemand hinter die Gartenhecke huschte. Meta!, schoss es ihm durch den Kopf.

Gräfin Diana stand mit dem Rücken zu ihm auf der untersten Treppenstufe. In ihrer Rechten hielt sie eine offenbar schussbereite, altmodische Waffe.

Ein Revolver von Webley, schätzte John. Britisch, Erster Weltkrieg. Gleichzeitig fragte er sich, warum in aller Welt diese Frau allein, in derart auffallender Aufmachung, mit einem nicht gerade leicht zu handhabenden Revolver im Begriff war, auf Verbrecherjagd zu gehen.

»Ma'am, sorry, but I think I could be helpful«, flüsterte er mit ironischem Unterton, während er langsam, das Gewehr im Anschlag, zu ihr die Treppe hinunterstieg.

»Gehen Sie sofort zurück und verstecken Sie sich!«, zischte ihm die Gräfin zu, ohne sich umzudrehen. »Ich bitte Sie, gehen Sie sofort zurück. Für Sie ist das hier viel zu gefährlich!«

John lachte trocken auf und blieb auf der Treppenstufe hinter ihr stehen. »Gefährlich? Für mich? Ich denke, es ist besser, wenn wir diese Sache gemeinsam erledigen.«

Bevor die Gräfin antworten konnte, trat mit erhobenen Händen ein junger Mann aus dem Schatten der Gartenhecke. Er trug Gummistiefel und war von oben bis unten durchnässt. Augenscheinlich war er durch hohes Wasser gewatet. Womöglich hatte er sogar versucht, durch einen Priel zu schwimmen.

»Ich suche Maschmann! Knut Maschmann!«, rief der Fremde panisch und strich sich das nasse Haar aus dem Gesicht. »Ist der hier irgendwo? Mir wurde gesagt, er wohnt hier. In einem kleinen Haus auf der Warft.«

Überrascht ließ Diana von Reventlow-Criminil ihre Rechte mit dem Revolver sinken.

»Vielleicht sagen Sie uns erst einmal, wer Sie eigentlich sind?«

John richtete weiterhin das Gewehr auf den Mann, der sich nach allen Seiten umsah, bevor er ihnen vorsichtig näher kam.

»Jan, Jan Bizak. Ich muss unbedingt mit Knut Maschmann sprechen.«

Hunter dicht neben sich, stand die Gräfin aufrecht und würdevoll auf der Treppe und sah streng auf den Mann herab.

»Was wollen Sie denn von Knut Maschmann, Herr Bizak? Hat Sie jemand geschickt?«

»Nein, niemand hat mich geschickt. Ein Freund von Maschmann hat mich an der Fahrrinne vor der Hallig abgesetzt und gesagt, ich muss nur auf die Warft hinaufgehen. Dort würde ich ihn finden«, antwortete der Fremde aufgeregt.

»Wie interessant. Und das sollen wir Ihnen glauben? Wer

ist denn dieser Freund, der Sie hergebracht hat?«, forschte die Gräfin nach.

»Arne Fisch. Den kennen Sie sicher. Den kennt hier jeder. Er hat gesagt, bei Ihnen passiert mir nichts.«

Jan Bizak blieb wenige Meter vor der Gräfin stehen und sah hilflos zu ihr auf. Er war nicht sehr groß und wirkte vor der Gräfin wie ein verstörtes Kind.

»Das geht schon in Ordnung«, wurde der Mann von Meta unterbrochen, die hinter ihm aus dem Gebüsch auftauchte. »Er wird uns nichts tun. Er kommt mir bekannt vor.«

Die Gräfin ließ den Fremden nicht aus den Augen. »Denkst du wirklich, wir können ihm vertrauen?«

»Ich glaub schon.«

Die Gräfin blieb misstrauisch. »Geben Sie's zu! Sie haben etwas auf dem Kerbholz und denken, bei uns sind Sie sicher. Vielleicht sollten wir besser die Polizei rufen«, sagte sie mit fester Stimme.

Entsetzt hob Jan Bizak beide Hände. »O nein, bitte! Bloß keine Polizei! Wo ist Maschmann? Er soll mir helfen, hier wegzukommen.«

Erleichtert ließ Gräfin Diana den Revolver sinken. »Aha, also doch. Ich hab's geahnt. Sie sind auf der Flucht! Keine Sorge: Wir werden Sie nicht verraten. Sie können bleiben. Hier geschieht Ihnen nichts!«

6.TAG

Frühmorgens, pünktlich um sechs Uhr, saßen Käthe und Carl Braack auf Maschmanns Pferdewagen. Carl versuchte, es sich auf der Holzbank neben Maschmann bequem zu machen, während Käthe sich hinter den beiden Männern mit einem Sitzplatz auf Strohballen begnügte, eingeklemmt zwischen Säcken voller Frühkohl und Futterrüben.

Am Abend zuvor hatten die beiden Ärzte in aller Eile die Hebamme beauftragt, während ihrer Abwesenheit die Praxis und das Telefon zu bewachen, und, sollte es dringend sein, die Patienten ins Krankenhaus nach Husum zu schicken.

»Ich mache mir wirklich Sorgen«, rief Maschmann der Ärztin zu. »Die Gräfin gefällt mir nicht. Wie gut, dass Sie uns wieder einmal besuchen können.«

Käthe Braack runzelte die Stirn.

»Was bedeutet das? Sie gefällt dir nicht?«

»Oft ist sie in sich gekehrt und stumm wie ein Fisch. Dann wieder überkandidelt …«

»Überkandidelt? Wie meinst du das?«

Maschmann hob hilflos die Schultern.

»Sie schläft kaum, geistert auf der Hallig herum, trägt aus heiterem Himmel Theaterstücke vor und badet nachmittags. Nachmittags! Nicht wie sonst immer frühmorgens. Vielleicht ist daran tatsächlich der Engländer schuld.«

Carl Braack neben ihm lachte laut auf: »Der Pilot? Der wird sie nicht schlechter, eher besser schlafen lassen. An ihm liegt's bestimmt nicht.«

»Gräfin Diana fühlt sich für jeden verantwortlich, der bei ihr Hilfe sucht«, überlegte Käthe. »Sie ist von empfindsamer Natur. Der Brite hat sie sicherlich in Unruhe versetzt. Sie wird sich sorgen ...«

»Der braucht ihre Hilfe ja eigentlich nicht wirklich«, sagte Maschmann. »Der ist Pilot! Der fliegt bestimmt nicht nur kleine Maschinen. Wenn der man nicht auch als Kampfpilot in Bombern ...«

Käthe fuhr erschrocken auf. »Ein Kampfpilot? Wirklich? Hat er euch denn bedroht?«

»Nein, nein. Im Gegenteil. Er ist ein höflicher, friedfertiger Bursche. Das finde ich jedenfalls«, antwortete Carl und stieß Maschmann den Ellenbogen in die Seite. »Stimmt doch, findest du doch auch, oder?«

»Na ja, friedfertig. Der tut jetzt so ... Ich glaube, der verheimlicht uns was Wichtiges.« Maschmann schnalzte, rief den beiden Pferden mehrmals »Hüa, Hüa!« zu und noch einmal besonders laut: »Los, man tau, jem fule Säcke!«

Käthe Braack hob missbilligend die Augenbrauen. »Habt ihr ihn denn nicht zur Rede gestellt? Ihr hattet doch genug Zeit, herauszufinden, wen ihr da vor euch habt. Und für wen ihr euch in Gefahr bringt.«

»Der verrät uns doch nichts. Ist doch alles geheim in diesen Zeiten«, sagte Maschmann.

»Von wegen geheim. Die Briten wissen über alles, was hier bei uns abläuft, sehr genau Bescheid. Die wissen besser Bescheid als wir«, sagte Carl Braack.

»Hast du wieder Radio gehört?«, fragte Käthe besorgt. Besonders in letzter Zeit neigte Carl dazu, in aller Öffentlichkeit über Dinge zu sprechen, die ihn Kopf und Kragen kosten konnten.

»Der Krieg ist längst verloren. Es sagt nur keiner«, fuhr Carl ungerührt fort. »Vor einigen Tagen haben die Alliierten endlich Paris befreit. Die Ostfront ist zusammengebrochen. Die Wehrmacht geschlagen und auf dem Rückzug.«

Carl verstummte, denn Maschmann zählte mit lauter Stimme und schien dabei ungewöhnlich aufgeregt: »Een, twee, dree, veer! Wer ist denn de Veerte dor boben op de Warft?«

»Hoffentlich kein Offizieller, dann können wir einpacken«, sagte Carl. »Dann wissen sie Bescheid.«

»Zum Umkehren ist es zu spät. Wenn der Vierte von der Gestapo ist ... Wär aber komisch, nur einer von denen ganz alleine? Das ist jemand anders«, versuchte Maschmann, Carl und vor allem Käthe zu beruhigen, die sich an den breiten Rücken ihres Mannes klammerte und hinter ihm ängstlich zur Hallig hinübersah.

Maschmann straffte die Leinen, bremste den Wagen ab und ließ die Pferde im Schritttempo weitergehen. Am Ende des Fahrwegs angelangt, sahen sie John und Meta fröhlich rufend und winkend auf den Pferdewagen zukommen.

Mit lautem »Brrrr!« brachte Maschmann den Wagen vor den beiden zum Stehen. »Wat is dat denn för'n Kerl bi jem dor boben?«, fragte er ohne Umschweife.

Meta begrüßte zunächst Käthe Braack mit einem Knicks, stellte ihr artig den Gast aus England, Offizier John Philip Gunter, vor und antwortete dann: »Heute Nacht ist ein Arbeiter von Pellworm rübergekommen. Arno Fisch hatte ihn an der Fahrrinne abgesetzt. Er will sich von dir ... helfen lassen.«

»Ach so«, sagte Maschmann gedehnt. »Noch so einer.«

»Steigt auf, wir fahren zusammen zur Warft hoch«, sagte Maschmann, während er den Pferdewagen über die Halligwiesen lenkte.

Wenig später begrüßte Gräfin Diana ihre beiden Neuankömmlinge. Freudig dankend nahm sie deren Gastgeschenke entgegen – geräucherten Schinken und Mettwürste – und lud ein, am gedeckten Frühstückstisch vor dem Haus Platz zu nehmen.

Sie selbst setzte sich auf die Bank an der Hauswand neben Käthe. »Wir sehen uns viel zu selten«, bedauerte sie. »Es freut mich sehr, dass Sie sich heute Zeit für diesen Ausflug genommen haben. Sie bleiben hoffentlich bis morgen Nachmittag? Es wäre mir wirklich wichtig, dass Sie den Gesundheitszustand des Piloten ganz in Ruhe überprüfen. Es wäre sicher gut, Sie beobachteten ihn ein wenig.«

Carl Braack sah neugierig zu Jan Bizak hinüber, der verschüchtert in einiger Entfernung stehen geblieben war. »Und das ist der andere, der wegwill? Weiß Arne Fisch schon Bescheid?«

»Der hat ihn höchstpersönlich hier abgeliefert«, erklärte die Gräfin.

»Herr Bizak, bitte setzen Sie sich doch zu uns. Es geht doch auch um Sie!«, entschuldigte sich Gräfin Diana in Richtung des Fremden.

Während Meta einige Scheiben Mettwurst abschnitt, die Teekanne und der Brotkorb herumgereicht wurden, nutzte Maschmann die Gelegenheit, zu schildern, wie es ihm, Sönke Schmied und, na ja, auch dem Engländer gelungen war, dessen Flugzeug übers Watt in den Hangar zu befördern.

»Ihr habt hier auf der Hallig einen Hangar? Wo denn?«, staunte Käthe Braack.

»Is blot de ole Scheun dor achtern. Sien Maschin passt overs dor rin wie bestellt. Dat könn wi glieks mol tosomen bekieken«, erklärte Maschmann.

»Du hast doch früher mal in der Ziegelei auf Nordstrand gearbeitet, oder?«, fragte Meta nun an Bizak gewandt.

»Ja. Hab ich. Da haben wir uns vor ein paar Jahren mal getroffen. Ich erinnere mich gut. Ihr habt dort Backsteine abgeholt. Ihr musstet lange drauf warten, das weiß ich noch.«

»Du hast uns herumgeführt und die Ziegelei gezeigt, stimmt's?«

»Ja, ich erinnere mich genau. Du warst mit deinem Onkel dort. Du warst aber noch klein.«

Meta lachte. »Na, du aber auch. Ich war immerhin schon dreizehn.«

Maschmann sah strafend zu Meta, dann misstrauisch zu Bizak hinüber. »Warum musst du denn jetzt auf einmal von hier weg?«

Alle Augen richteten sich auf Jan Bizak, der nervös herumhampelte und schwieg.

»Je weniger wir wissen, desto sicherer sind wir alle«, sagte die Gräfin. »Aber eines ist klar: Wer vor der Polizei fliehen muss, will hier, so schnell es geht, weg …«

Carl Braack musterte Jan Bizak nachdenklich und wandte sich schließlich der Gräfin zu. »Es kommt darauf an, welche Inseln Arne derzeit ansteuert.«

»Wenn er bis Fanö hinauffährt, können wir vielleicht etwas machen. Dort kenne ich jemanden, der Herrn Bizak aufnehmen und ihn zu meinen entfernten Verwandten nach Schloss Brahetrolleborg bringen kann. Dort wird immer jemand gebraucht, der gut arbeitet«, sagte die Gräfin.

»Wäre das nicht auch eine Möglichkeit für mich, dann von Dänemark aus nach England zu kommen?«, mischte John Philip sich ein.

»Geduld, Geduld. Wir müssen abwarten, was Arne davon hält, gleich zwei Männer mitzunehmen. Es wäre für uns alle sehr gefährlich, wenn das entdeckt würde«, meinte Gräfin Diana, und Carl Braack nickte zustimmend.

»Aber ich bin jawohl zuerst dran«, sagte John entrüstet.

»Zunächst werde ich Sie noch einmal untersuchen. Dann

sehen wir weiter. Vielleicht sind Sie ja noch gar nicht reisetüchtig. Vielleicht müssen Sie sich ja noch eine Woche gedulden, vielleicht sogar zwei, wer weiß.«

John sah den Arzt wenig begeistert an. »Ich könnte doch auf dem Boot bleiben und dem Fischer noch einige Zeit helfen, bis ich hier dann wegkomme.«

»Ich kenne mich mit Booten gut aus«, sagte Jan Bizak.

»Fischen kann ich auch«, behauptete John Philip, obwohl er noch nie ein Fischerboot betreten hatte.

»Du? Du stehst da nur im Weg rum«, ging Maschmann dazwischen. »Das lass man lieber den anderen da machen.«

★★★

Schließlich schlug die Gräfin vor, einen Spaziergang zu unternehmen, um das versteckte Flugzeug zu begutachten.

Wenig später versuchte sie fast übermütig, in der Scheune, die nun als Hangar zweckentfremdet war, den Propeller des Flugzeugs in Schwung zu bringen. »Ich hätte sehr gern Fliegen gelernt«, gestand sie nach mehreren, vergeblichen Versuchen. »Als Kind habe ich oft davon geträumt, mit den Zugvögeln in den Süden fliegen zu können.

»Erstaunlich. Sie wollten fliegen lernen? Es gibt selten Frauen, die das wagen. Ich habe jedenfalls noch keine kennengelernt, und ich bin nun schon seit vielen Jahren dabei«, sagte John Philip.

Jan Bizak beäugte währenddessen den unter Strohballen hervorragenden, beschädigten Flugzeugflügel. »Und damit bist du hier gelandet? Freiwillig oder unfreiwillig?«, fragte er den Piloten interessiert.

»Wir wollen unseren Freund lieber nicht in die Verlegenheit bringen, Ihre Frage beantworten zu müssen. Genau das, lieber Herr Bizak, fragen wir uns nämlich schon, seitdem wir ihn in seinem Flugzeug auf der Sandbank entdeckt haben«, sagte die Gräfin, während sie den Piloten aufmerksam beobachtete.

Er schien ihre Bemerkung absichtlich zu überhören. Er drehte ihr den Rücken zu und schwieg beharrlich.

»Ich bin wirklich froh, nach langer Zeit wieder einmal zwei interessante, junge Kavaliere um mich zu haben«, wandte sie sich Jan Bizak zu. »Begleiten Sie mich hinunter zur Pferdekoppel?«

»Mit Pferden hatte ich auch schon zu tun. Ich kann gut reiten«, antwortete Bizak stolz und schickte sich an, der Gräfin zu folgen. John Philip folgte den beiden ebenfalls, ließ Bizak dabei aber nicht aus den Augen. Er misstraute diesem Fremdling. War er geschickt worden, um auf der Hallig herumzuspionieren? Warum rückte er nicht mit der Sprache raus, warum er hatte fliehen müssen?

»Sind das alles Ihre Pferde? Wo bleiben die denn im Winter? Hier auf diesen Fennen? Sind die für die Tiere nicht viel zu salzig, wenn die überflutet sind?«, unterbrach Bizak seine Gedanken, während sie auf die Pferdekoppel zugingen.

»Die beiden Haflinger halten Wind und Regen eine ganze Weile aus. Und Futter haben wir für sie im Winter genug. Die anderen Pferde kommen rüber auf meinen Hof in der Trendermarsch«, antwortete die Gräfin.

»Ein sensibler, tapferer Bursche«, sagte sie und hielt einem der sich neugierig nähernden Tiere mit leisem Lockruf die Hand entgegen. »Ich suche immer noch einen Namen für ihn. Gleich zu Beginn des Krieges kam er an die Front. Erst vor Kurzem wurde er ausgemustert, weil er sich verweigert hatte, sich nicht mehr vor Kanonenwagen spannen ließ. Er hatte üble Verletzungen an Zunge und Maul. Maschmann und Sönke Schmied fanden ihn zum Glück gerade noch rechtzeitig, bevor man ihn zum Abdecker brachte.«

»Ich kann wirklich gut mit Tieren, das könnt ihr mir gern glauben«, sagte Jan Bizak.

John Philip legte ihm unerwartet kameradschaftlich den Arm um die Schultern. »Ach so. Deshalb also hat der Hund nicht gebellt, als du gestern Nacht um die Hallig geschlichen bist.«

Bizak grinste und sagte etwas verlegen. »Der Hund hat mich zuerst wütend angeknurrt. Ich bin aber sofort in die Gegenrichtung abgedreht und hab ihn in Ruhe gelassen. Ein Hund merkt nämlich, wenn man böse Absichten hat.«

»Keine bösen, aber Absichten hattest du schon«, sagte John.

»Genau wie du«, erwiderte Bizak. »Kommst du denn mit nach Dänemark?«

»Der Doktor muss ihn noch einmal gründlich untersuchen. Vielleicht ist Herr Gunter noch gar nicht reisefähig. Er hatte schließlich erst vor wenigen Tagen einen Unfall«, mischte sich die Gräfin ein.

»Verstehe. Wäre ich Engländer, dazu noch Pilot … Ich würde mich an seiner Stelle von der Hallig keine zehn Meter weit weg wagen. Jetzt, wo einem hier fast jeder ans Fell will«, sagte Bizak und rannte die Warft hinauf.

★★★

Die brütend sommerliche Hitze war verflogen. Inzwischen strich ein frischer, fast kühler Wind über die Hallig. Wie überhaupt dieser Sommertag leicht, ja fast beschwingt begonnen hatte. Was nicht nur am Swing des amerikanischen Jazzpianisten Teddy Wilson lag, der aus weit geöffneten Fenstern zu den Gästen am Frühstückstisch hinabwehte.

Carl Braack hatte der Gräfin die Schallplatte mit einer galanten Verbeugung überreicht und gesagt: »Bei Ihnen dürfen wir sie ja hören, diese verbotene Musik. Und um Mitternacht, das verspreche ich Ihnen, tanzen wir beide unterm Sternenhimmel in Metas Geburtstag hinein. In die bald zurückkehrende Freiheit.«

Seltsam berührt vom Anblick des behaglichen Landhauses auf der sanft ansteigenden Warft, dachte John darüber nach, ob auch er eines Tages, wenn er das Alter der Gräfin erreicht hatte, jungen Menschen von früher berichten würde.

Ob er in der Lage wäre, ihnen zu berichten, wie sehr er sich gewünscht hatte, niemals mehr mit ansehen zu müssen, wie seine Kampfgefährten, oft jünger noch als er und nur wenige Meter von ihm entfernt, in feuerrot aufflammenden Bombern verglühten.

Vielleicht würde er sogar gestehen können, dass er während eines Alleinflugs wie vor wenigen Tagen, als erste Strahlen über dem Meer den Morgen erahnen ließen, ganz plötzlich spürte, wie sehr er sie brauchte, die einsame Stille, die unberührte Natur. Und dass es ihm unbegreiflich war, warum er zu jenen gehörte, die deren Unversehrtheit vernichteten und deren Bewohner töteten.

Die Gräfin eilte John aufrecht und voller Tatendrang voraus.

Er folgte ihr mit zögerlichen Schritten.

Auf einmal blieb sie stehen und wandte sich zu ihm um. Sie sah ihn mit ihrem feinen, leicht ironischen Lächeln an und bot ihm ihren Arm. »John ...?«

Er nahm ihre Hand und küsste sie. Er wusste, es war die einzige Zärtlichkeit, die sie zulassen konnte.

Literatur

Lorenz Lorenzen, *Genaue Beschreibung der wunderbaren Insel Nordmarsch 1749*, Buske Verlag 1987

Hans Erich Nossak, *Der Untergang*, Bibliothek Suhrkamp 2021

Cecilia Sternberg, *Es stand ein Schloss in Böhmen, Wanderjahre einer Europäerin*, Hoffmann und Campe Verlag 1979

Arfst Wagner, *Schafe im Nebel – Erinnerungen an den Maler Gustav Mennicke*, Lohengrin Verlag 2021

Gunna Wendt, *Franziska zu Reventlow, Die anmutige Rebellin*, Aufbau Verlag 2008